LA DERNIÈRE NUIT AVANT L'AN 2000

CHRISTINE ARNOTHY

LA DERNIÈRE NUIT AVANT L'AN 2000

récit suivi de cinq épilogues
écrits par des élèves de 4e du collège d'Arsonval à Brive,
et d'une bio-bibliographie
de l'auteur

PLON

Pour François

Les personnages de ce récit, comme leur nom ou leur caractère, sont purement imaginaires et leur identité ou leur ressemblance avec tout être réel, vivant ou mort, ne pourrait être qu'une coïncidence non voulue ni envisagée par l'auteur.

ISBN : 2-266-08218-3.

Ne sais-tu pas que, de tout temps,
Depuis que l'homme fut mis en terre,
L'allégresse du méchant est brève
Et la joie de l'impie ne dure qu'un instant.

Job 20, 4-5

— J'ai raté l'homme, dit Dieu à son Fils. S'il est à mon image, je n'ai plus envie de me voir dans les reflets des galaxies. Tu dois m'aider à retrouver ma foi en l'être humain. Retourne sur terre, cherche des justes. Il y en a parmi les victimes, les marginaux, à qui tu porteras l'espoir. Les orgueilleux et les désespérés te rejetteront. Et les autres s'entre-tuent.

— Père, tu leur as laissé la liberté de choisir entre le Bien et le Mal.

— Imposer le Bien n'aurait pas été un acte démocratique. Trouve-moi un seul juste qui me permettrait — à moi aussi — d'espérer.

— Père, comment saurai-je que j'ai affaire à un vrai juste ?

— Il offrira de se sacrifier pour te sauver. Mais tu auras besoin de chance, comme un humain.

— Devrai-je mourir une deuxième fois ?

Dieu répondit, triste :

— Ils sont si sauvages, en bas.

— Père, selon certaines prédictions, mon retour signifierait la fin du monde. Les hommes seront affolés. La peur de l'Apocalypse...

Dieu hocha la tête :

— La fin du monde liée à ton retour sur terre, c'est une rumeur qui date de Qumrân. Au douzième coup de minuit du 31 décembre 1999 — selon le calendrier chrétien — des phénomènes — à leurs yeux surnaturels — se produiront. Toi, tu ne devras révéler le fait que tu es le Fils de Dieu qu'aux personnes généreuses, croyantes et secrètes.

— En quoi consiste ma mission ?

— Tu devras convaincre les agités de la terre de choisir le Bien. Ils vivent dans le Mal. Il faut les prévenir qu'ils sont au bord d'un gouffre, qu'à leurs pieds s'ouvre l'enfer, avec ses ombres et son désordre.

— Pour quelle raison m'écouteraient-ils ?

— La nuit qui précède l'an 2000 les emplit d'appréhension, d'où toutes ces fêtes qu'ils organisent. Ils se précipiteront d'un point du monde à l'autre pour fuir leurs angoisses. Ils confondent religions et superstitions. Fuites et distractions.

— Je vais dans quel pays et par quel moyen de transport ?

— Je n'ai que la jeune comète Are-Are sous la main. Elle est fugueuse, imprévisible. Je vais lui demander de te projeter sur terre, mais dans quel pays ? Ça dépendra de ses caprices.

— Elle ne t'obéit pas ?

— Depuis que les Terriens en raffolent à force de la voir à la télévision et qu'elle est devenue une vedette, elle est têtue, elle n'agit que selon son noyau. Jalouse du petit robot de la planète Mars, elle veut plaire aux astrologues et à la presse mondiale plus qu'à moi.

— Père, j'aurai quel aspect ?

— Comme la plupart des êtres humains. Ils sont pauvres, incertains de leur destin. Et tant de jeunes ne savent plus à quel saint se vouer.

— Mes habits ?

— Tu auras de quoi te vêtir et t'acheter de la nourriture le premier jour.

— Et ensuite ?

— Tu auras faim, comme eux. Tu devras lutter pour ton existence, comme eux. Je suis submergé par les prières contradictoires. On me réclame — avec autant de ferveur et de conviction d'un côté que de l'autre — la justice. Je ne sais plus qui aider. Ils prient les uns contre les autres. Je n'ai pas assez de juges célestes pour les départager. J'aurais besoin de millions d'anges.

— Je parlerai quelle langue ?

— Celle du pays où tu arriveras. Tu leur diras que leur temps est compté, qu'il est nécessaire de devenir meilleurs, sinon la nuit du 31 décembre 1999 sera celle de tous les dangers.

— Faudra-t-il que je les aborde un par un pour me faire entendre ? Que je fasse le tour de la terre à pied ?

Le Père l'interrompit :

— Depuis quand tu te préoccupes de la durée ? Tu es éternel ! Et tu as souvent fait des miracles... Adapte-toi à l'époque. Essaie de faire entendre aux hommes que leur salut dépend de l'accueil qu'ils te feront. Ta mission sera périlleuse, mais décisive.

— Et je reviens comment ? La comète Are-Are ne repasse que tous les quarante mille ans...

— Ses trajets dépendent de ses caprices et des constellations qu'elle traverse. Elle te reprendra, mais quand ? Tu auras beaucoup d'épreuves à traverser. En bas, c'est le monde des machines et des images. Tu seras exposé à l'ignorance, à l'impatience, aux humiliations et aux tentations.

— Père, es-tu sûr de n'avoir personne d'autre que moi à envoyer là-bas ?

— Tu es mon fils unique et le monde entier connaît ton nom. Presque autant que celui d'Elvis Presley. Ta mission sera périlleuse, mais décisive.

Un vent puissant tourneboula le palais de nuages et un sifflement le transperça. Puis un grondement. Dieu soupira :

— Quelle circulation ! Ils ne cessent d'envoyer leurs satellites, leurs capsules, leurs fusées. Ils n'auraient jamais dû marcher sur la lune ! Elle est fragile, un rien la blesse. Elle est déprimée, elle ne se remet pas de l'intrusion des terrestres.

— Les hommes voulaient t'apercevoir de plus près.

— Du tout ! Ils ne cherchaient pas Dieu, mais des cailloux. Juste des cailloux. Par suite des prélèvements, la lune est devenue friable. Un seul choc au Point Faible la ferait exploser.

— La lune a un Point Faible ?

— Près de la mer de la Fécondité. Un satellite ou une fusée mal dirigés et plus de lune ! Ses fragments s'éparpilleront dans l'univers. Quel risque nous font courir tous ces bricoleurs !

A travers une fente mauve, ils aperçurent la collision d'un satellite espion et d'une météorite.

— Un carambolage de plus, dit Dieu. Encore des débris dans l'univers ! On court de plus en plus de risques à sortir. Je ne me promène plus sur la Voie lactée. Une station orbitale russe a échoué près d'un passage étoilé. Son épave bloque le chemin vers la Grande Ourse.

— Ils veulent déchiffrer ton mystère.

— Détrompe-toi. Ils passent leur temps à expliquer que je n'existe pas, à écrire des livres où ils transforment mes paroles à leur convenance. Moïse est agacé : les mots qu'il a prononcés sur le Sinaï sont répétés, d'accord, mais si souvent dénaturés. Mes paroles, mes pensées célestes sont traitées avec un manque de respect étonnant.

Le mur de nuages se déchira, une luminosité foudroyante les éblouit.

— Voilà Are-Are, dit Dieu. Elle vient de s'arracher au système solaire, pour que les astronomes parlent d'elle. Bientôt, elle se fâchera avec tout le monde.

Au même instant, le Fils, empoigné par une force magnétique d'un côté glacée, de l'autre brûlante, tendit le bras vers Dieu le Père, perdit connaissance et tomba à travers l'univers noir vers la planète Terre.

CHAPITRE 1

Cette nuit, la capitale connut une véritable tornade. Du jamais vu sous ce climat. Les arbres tombaient, les vitres se brisaient. Les voitures rouges des pompiers sillonnaient les avenues. Le matin, les enfants qui allaient à l'école enjambaient des débris encore éparpillés sur les trottoirs et riaient du désordre. L'un d'eux, dans un îlot de buissons encastré entre deux bâtiments en béton triste, trouva un morceau de métal brillant, à peine plus grand qu'une tuile. Il était heureux, tous les enfants aiment les trésors étranges. Il s'adressa à une fillette de son âge — elle avait de grands yeux noirs et un cartable strié de plusieurs couleurs gaies :

— Regarde, j'ai un morceau de lune.

— Pas vrai, lança la fillette. Tu mens. La lune est trop loin.

A l'école, le garçon montra l'objet à l'institutrice, qui se précipita chez le directeur. Ils placèrent délicatement le fragment de rocher clair dans un placard et alertèrent le service de déminage. Les spécialistes constatèrent que l'objet ressemblait à un éclat de météorite. Il n'y avait pas de détonateur. Parce que la Chose glacée et brillante évoquait par sa forme une tête de bélier, le directeur la proposa au musée d'Art moderne où on acceptait les matériaux artistiques insolites. Une vitrine était réservée aux éléments tombés du ciel, qui rendaient perplexes les critiques d'art.

CHAPITRE 2

Ce matin, dans un hôtel meublé si décrépi que même Job l'aurait trouvé minable, dans une étroite chambre au deuxième étage, Jean, déboussolé, la mémoire ébranlée, se réveilla. Il entrouvrit prudemment les yeux — et son regard parcourut la pièce monacale. Il aperçut un blouson usé sur le dossier de l'unique chaise où étaient posés aussi un pantalon en jean aux bords effilochés et des sandales.

Il prit conscience de son corps longiligne, de ses grandes jambes et du fait qu'il portait un slip. En tournant la tête, il perçut le contact de ses cheveux longs sur ses épaules. Il se leva, fit quelques pas incertains, repéra au-dessus d'un lavabo un morceau de miroir fixé au mur par des clous tordus. Un œil, une joue — il leva la tête pour contempler son visage. L'Esprit avait dorénavant une couverture de chair. Il fit couler l'eau, fut surpris par l'odeur du liquide que crachait le robinet puis se vêtit du jean et du blouson.

Dans les poches il découvrit deux billets de banque roulés. Il examina le chiffre que portait chacun, il n'avait aucune notion de la valeur de ces morceaux de papier colorés. Il y trouva aussi un document usé, qu'il put déchiffrer et comprendre : un permis de séjour au nom de Jean Lemessie, trente-trois ans, apatride. Le Père avait pensé à tout, ou à presque tout.

Jean s'approcha de la fenêtre. Lorsqu'il l'entrebâilla, il sentit une odeur fétide : en bas, dans une cour, s'entassaient de grands sacs poubelles noirs. Un rat boiteux traversa le béton crasseux. Jean s'approcha de la porte, il entendit des pas, sortit sur le palier et faillit se cogner contre un Arabe en djellaba, la tête enturbannée, qui semblait jovial et pas pressé. Lemessie lui demanda dans quel pays ils se trouvaient.

— Quelle question ! Tu veux entendre ta voix ou tu te moques de moi ? dit l'Arabe. Pas de phrases racistes avec moi. T'as pas bonne mine, ajouta-t-il. On t'a fait un lavage de cerveau ?

Jean insista :

— Je voudrais juste savoir quelle langue nous parlons, dites-le-moi, vous me rendriez service.

— T'as pas la même tête que la semaine dernière. Amnésique ou pas, fiche-moi la paix, marmonna le voisin, qui entra dans l'une des chambres du palier.

Trois enfants noirs montaient dans l'étroite cage d'escalier, ils étaient beaux. Le blanc de leurs yeux était plus blanc que la neige. L'un d'eux tira sa langue toute rouge vers Jean Lemessie :

— Beurk ! T'es revenu.

Jean encaissa le choc.

— Tu me connais ?

— Blablabla, répliqua l'enfant, et les deux autres se tenaient les côtes tant ils riaient. Tu m'as chassé de chez toi. J'étais trop curieux, tu disais.

Jean tendit la main vers lui. L'enfant poussa un cri :

— Non. Les adultes ne doivent pas toucher les enfants. Sauf si tu veux aller en prison.

— Pourquoi ?

Le gosse disparut, suivi des autres, vers l'étage au-dessus.

Aucune divine inspiration ne permettait à Jean de deviner l'endroit où Are-Are l'avait projeté, mais sans aucun doute il ressemblait au locataire précédent de la chambre. Qu'était-il est devenu, celui dont il avait maintenant les vêtements et les papiers d'identité ? Père avait dû s'organiser pour le cacher quelque part.

Jean descendit au rez-de-chaussée, y rencontra une femme asiatique et une Noire maussade, si grosse qu'en passant à côté de lui elle le frôla. Lemessie pensa avoir été débarqué pas loin de l'Equateur. Gêné de ne pas avoir de chemise, il sortit dans la rue étroite, où des femmes noires, jeunes et vieilles, bavardaient. Les boubous étaient de couleurs gaies. Un enfant s'acharnait sur un ballon de foot à moitié crevé. Jean, accessible aux sensations humaines, ressentit une faim qui le fit entrer dans un café situé un peu plus loin.

Un Blanc appuyé sur le zinc dégustait du vin, blanc aussi. Un métis coiffé rasta sirotait son café et, derrière le comptoir, un homme patiné de soleil lissait sa moustache.

— Ce sera quoi ? demanda-t-il à Jean en passant une éponge mouillée sur le comptoir.

— Un café. Ou de la soupe.

— Tu as de quoi payer ? Ce n'est pas un bistrot du cœur, ici.

Jean montra l'un de ses billets de banque :

— On est dans quel pays, s'il vous plaît ?

Le patron hocha la tête :

— Tu te demandes où tu es ? Moi aussi, je me le demande. J'ai quitté l'Algérie en pleurant, mais je suis consolé. Ils m'ont rejoint ici, tous ceux de la Casbah.

Dans l'autre coin, des Nord-Africains mangeaient, souriaient et invitaient par des gestes aimables Jean à leur table. Jean hocha la tête, déclina l'invitation et répéta :

— On est où ?

Le patron lui lança un regard méfiant :

— Reviens sur terre, vieux. Et fais attention. Il ne faut pas se moquer de l'origine des gens. Tu es en France. Terre d'asile. Dans le dix-huitième. Arrondissement d'accueil.

Le Blanc au vin blanc demanda un café. Avant de faire fonctionner la machine expresso, le patron poussa devant Jean la corbeille de croissants :

— Montre ton billet.

Jean le lui tendit. Le patron l'examina en transparence.

— Ça va. T'es riche, je te fais un sandwich. Jambon-beurre, ça va ?

— Jambon-beurre, répondit Lemessie.

Il le mangea avec plaisir. Le buveur de vin blanc et de café, tout en grillant un clope, lança :

— Si tu as de quoi, paye pour moi aussi !

Lemessie acquiesça :

— Bien sûr.

L'autre reprit :

— Ton accent, c'est d'où ?

Lemessie réfléchit. Quel accent pouvait-il avoir ? L'accent céleste, l'accent d'outre-tombe, l'accent du ciel ? Le patron lui rendit vingt-sept francs sur cent. Jean quitta le café, se mêla à la foule et dériva vers le marché de la rue voisine. Il se souvint des histoires de Noé, un ami de Dieu le Père, l'un de ces personnages de la cour biblique qui tournait autour du Créateur. Noé était intarissable lorsqu'il parlait de son arche et de ses animaux. Ce marché ressemblait à l'Arche de Noé. Un chien bâtard contemplait les pieds des acheteurs de fruits et légumes, parfois il poussait des soupirs, à l'abri sous un étal.

***

Jean Lemessie se mêla à la foule bigarrée. Il voulait commencer son travail de missionnaire, mais comment aborder les clients qui s'attardaient devant les tomates et les laitues ? Plus loin, une femme aux cheveux blancs venait d'être bousculée par une petite camionnette aux rétroviseurs cassés. Une marche arrière dans un passage étroit est toujours périlleuse. Lemessie ramassa les pommes qui roulaient de tous les côtés. Il les remit dans le cabas de la grand-mère et lui demanda s'il pouvait l'accompagner chez elle. La vieille acquiesça :

— Si vous avez le temps, monsieur...

— Appelez-moi Jean.

Pas trop rassurée, elle accepta l'aide. Jean l'accompagna le long des rues. Le cabas était lourd, chargé de pommes de terre aussi. Arrivée dans l'immeuble où elle habitait — au rez-de-chaussée —, la main tremblante, elle ouvrit sa porte mais n'invita pas Lemessie à entrer.

— Par les temps qui courent, on devient méfiant, dit-elle, gênée. Ma voisine, il y a deux jours... Ah non ! Ça me fait mal d'y penser. Il y avait tant de sang... Elle est morte pendant le trajet vers l'hôpital. Les agressions..., continua-t-elle en refermant la porte sur le nez de Lemessie qui aurait bien voulu connaître la fin de la phrase.

Il resta quelques minutes les bras ballants, puis retourna au marché avec l'espoir d'entamer une conversation utile et éducative. Mais que valait l'Apocalypse parmi les salades et les betteraves ? Il errait, il s'approchait des petits groupes, qui se refermaient et l'excluaient aussitôt. Il choisit deux bananes et demanda au marchand :

— Personne n'est pressé ici ?

— Tous des chômeurs ! Comme toi.

— Quel serait le meilleur moment pour m'adresser à eux ? demanda Jean. Je suis chargé d'une mission.

— Quoi ?

— Je devrais expliquer... même peut-être à vous... si vous voulez bien...

Le marchand l'interrompit :

— Regarde tes ongles ! Avec des ongles comme les tiens, personne ne te prendra au sérieux. Alors, pour le blablabla... Si tu as faim...

— J'ai faim.

— Tiens, dit le marchand qui lui tendit un melon. Que Dieu t'aide, mon frère. Mais n'oublie pas tes mains !

Jean regarda ses mains. En effet, ses ongles étaient longs. Il fallait acheter des ciseaux. Il lui restait cent francs et quelques centimes. Peut-être, à son hôtel meublé, lui prêterait-on des ciseaux. Il se dirigea vers la sortie du marché où se déroulait un contrôle d'identité. Les policiers étaient polis.

— Puis-je voir vos papiers ? demandaient-ils aux passants.

Ceux qui en avaient les montraient, d'autres les avaient oubliés à la maison. Fallait-il les embarquer ou les croire ? Un agent, intrigué par le regard de Jean Lemessie, l'interpella en le tutoyant, à la manière d'autrefois :

— Tu fais quoi, là ?

— Mes courses, dit Jean.

— Tes papiers.

Jean sortit de la poche de son blouson son titre de séjour. Le policier l'examina :

— Tu as encore deux mois pour le prolonger. A ta place, je me magnerais le cul. T'es né où ?

— Loin.

L'agent soupira :

— Tu ne comprends pas. Patrie, ça veut dire pays. Apatride, c'est sans pays. Mais tu es né quelque part. Où ?

— Il faudrait remonter dans le temps.

— Circule, dit le policier. Circule... Qu'est-ce qu'on a fait au bon Dieu pour récolter tout ça ici ?

La remarque fit réfléchir Jean. Au cours de sa première existence terrestre, il avait été maltraité, il avait subi des humiliations et quelle mort ! Maintenant, il se trouvait sur terre pour la deuxième fois et avait l'impression douloureuse que l'homme avait changé de vêtements, mais pas de comportement. La tâche que le Père lui avait confiée s'annonçait ardue. Il fit un rapide calcul mental. En consacrant une demi-heure à chaque interlocuteur — sans se nourrir et sans dormir —, il pourrait soutenir quarante-huit entretiens en vingt-quatre heures. Combien y avait-il de milliards de personnes sur terre ? Même éternel, il se fatiguerait. D'ailleurs, s'il était éternel, pourquoi se préoccuper de nourriture et d'un endroit où dormir ? Père s'était un peu trompé dans ses perspectives terrestres. Et comment trouver un moyen de communication qui lui permette de s'adresser à une foule ?

De retour vers son hôtel, il sentit ses yeux douloureux, comme pleins de sable. Il s'appuya contre un mur couvert de graffitis et se mit à tousser. Les passants s'écartèrent : selon les rumeurs, la tuberculose gagnait du terrain et les pics de pollution favorisaient le développement des bacilles.

Il s'aperçut dans les reflets d'une vitrine : un gars élancé, maigre, les joues creuses, de grands yeux, les cheveux au ras des épaules, le blouson ouvert sur une poitrine nue. Il était évident que sa couverture humaine, irritée par la pollution, le démangeait. Sitôt dans sa chambre, il se purifia le visage à l'eau et s'essuya avec le dernier fragment d'un rouleau de papier que le précédent locataire avait laissé. Puis il se rappela avoir entendu dès son réveil un bruit, un grondement diffus. Il décida d'en chercher l'origine. Au rez-de-chaussée, il se heurta à un Chinois, plus petit que la majorité des Chinois.

— Vous pouvez me donner l'heure, s'il vous plaît ? demanda-t-il.

Le Chinois n'avait pas de montre — il répondit pourtant sans hésitation :

— Midi et demi.

— Comment ? dit Lemessie.

Le Chinois, qui avait l'habitude de ne pas être compris, s'exprima par gestes. Il leva les mains : dix doigts, il ajouta deux doigts de plus, puis il coupa symboliquement un doigt en deux. Douze heures et demie.

— Merci, dit Lemessie. Ce bruit... Vous savez ce que c'est ?

Le Chinois émit un rire gêné :

— Pas curieux, pas gorge coupée.

Ce type était peut-être de la police. Le Chinois quitta précipitamment l'immeuble.

Jean découvrit derrière la cage d'escalier une petite porte. Il l'ouvrit et descendit quelques marches en direction des caves. Il entrebâilla la porte suivante et se trouva dans une grande pièce où, sous un plafond bas, une vingtaine de personnes, penchées sur des machines à coudre, travaillaient. Femmes et hommes asiatiques. Ils n'avaient même pas levé la tête, ils n'avaient pas le droit de se distraire et de perdre du temps.

Un type légèrement basané arriva d'une pièce voisine :

— Plus de place aujourd'hui, dit-il. Reviens demain matin.

Jean demanda :

— On fait quoi, ici ?

— M'agace pas ! s'exclama le patron. T'as jamais vu coudre des chemises et des gilets ?

— Combien coûte une chemise ?

Le patron constata que ce stupide individu n'en avait pas :

— Il y a une machine libre pour deux ou trois heures. Tu peux coudre à la place de l'ouvrier qui a eu un malaise. Je te donnerai une chemise.

— Merci, dit Jean.

Il espérait une occasion de s'adresser à tous ces employés qui cousaient. Tant de personnes dans la même pièce, une aubaine. Mais allaient-elles se permettre quelques minutes d'interruption ? Allaient-elles s'arrêter pour casser la croûte ? Lemessie pourrait en profiter pour leur suggérer de réveiller dans leur conscience l'amour de leurs proches et leur parler du partage des biens. Mais avaient-elles le temps d'aimer leurs proches ? Comment partager le rien et de quelle manière être plus humble que humble ?

Le patron l'installa dans un coin de la pièce étouffante. Une Coréenne — supposa-t-il —, le regardant à peine, mit devant lui deux morceaux de tissu déjà attachés ensemble. Il fallait faire courir le pied agile de la machine le long des épingles. Le tissu devait rester tendu, sinon il s'accumulait sous la petite patte métallique. Jean réussit à fabriquer en une heure et demie trois pièces de forme étrange. Sa voisine hocha la tête :

— Guilet, guilet, guilet, répéta-t-elle.

Jean demanda :

— C'est quoi, « guilet » ?

Une autre Asiatique se tourna vers lui :

— Gilet.

Le patron vint examiner le résultat.

— T'es trop lent. Bon. Je t'ai promis une chemise. Tu l'auras. Mais ne parle pas de l'atelier. Sinon...

Il fit un geste circulaire autour de son cou. Jean l'interrogea du regard.

— T'as compris ? Le bavard, on lui tranche la gorge.

— Ici ?

— Sur un terrain vague. T'as encore envie de plaisanter ?

Il lui jeta sur le bras une chemise à carreaux faite d'un tissu léger mais rude. Content, Jean remonta chez lui et l'essaya. Hélas, une manche était plus courte que l'autre. Il la garda pourtant, rassuré. Grâce à cette chemise il inspirerait confiance. Maintenant, il fallait trouver un emploi. S'il pouvait dénicher un pantalon convenable, ça irait encore mieux. Il ne songea pas à se faire couper les cheveux : dehors, certaines âmes habillées de corps portaient leurs cheveux ramassés dans la nuque.

Il perçut un bruit de l'autre côté du mur. Encore une machine. Il sortit de chez lui, frappa à la porte voisine. Un enfant lui ouvrit et, à travers l'entrée minuscule encombrée d'armoires et de placards, il jeta un coup d'œil dans une petite pièce. Près de la fenêtre, une femme travaillait sur une machine, elle aussi.

— Bonjour. Je peux entrer ?

Le gosse se retourna vers sa mère :

— Maman, il veut entrer, le monsieur. Il ressemble à celui d'à côté. Mais c'est pas le même.

— Ça va, dit-elle. Arrête de dire des bêtises.

Jean avança, la femme leva la tête. Elle devait avoir la trentaine mais le manque d'air et les difficultés de l'existence l'avaient fripée. Ses grands yeux clairs, nordiques, n'allaient ni avec cette pièce, ni avec cette ville, ni avec cette époque. Jean aurait aimé s'asseoir pour contempler ces yeux. Il dit :

— Je ne vous dérange pas trop ?

— Si je peux continuer à coudre, ça va. Hé... le petit avait raison ! Qui êtes-vous ?

— Le voisin.

— Non. Vous lui ressemblez, mais vous n'êtes pas le voisin. Qu'avez-vous fait de l'autre ?

— Vous me trouvez changé ? A ce point ?

— Plutôt. Avec un drôle d'accent, en plus. Un café ?

— Un verre d'eau, s'il vous plaît.

L'enfant chercha un verre dans l'évier où s'entassait de la vaisselle. La femme continua d'interroger Jean :

— Vous habitez la pièce d'à côté ?

— Oui.

— Vous étiez amis, vous et l'autre ?

— Lui ou moi, c'est la même chose.

— Je me méfie des amitiés d'hommes, dit la femme.

Jean reprit :

— Vous travaillez pour l'entreprise du sous-sol ?

Elle hocha la tête :

— Non. Pour une boutique de retouches. Je gagne des petites sommes. Mais elles me font vivre.

Le gosse revint avec le verre d'eau. Jean le renifla :

— C'est chimique, dit-il.

La femme s'exclama :

— Tiens donc ! Vous découvrez le chlore ? Quand on ne peut pas acheter de l'eau en bouteille, on boit ça. C'est ce que vous avez fait jusqu'ici.

— Je n'ai pas encore l'habitude, expliqua-t-il. Déjà en purifiant mon visage, ce matin...

— Vous n'êtes pas celui d'avant. Son frère peut-être, faux jumeau ?

Jean réfléchit et déclara :

— L'eau devrait être protégée partout. A Qumrân, en plein désert, les puits profonds contenaient de l'eau pure. Dieu...

— Holà, dit la femme, énervée. Pas la peine de continuer. Si vous appartenez à une secte ou à une institution religieuse quelconque, il vaut mieux partir. Je n'écoute pas de discours. J'ai déjà assez de soucis. L'autre, avant vous, ne me cassait pas les pieds !

— Dans l'intérêt même des humains, il faudrait protéger la nature.

— Basta ! s'écria la femme. Inutile de me baratiner. Partez.

— Ne m'en veuillez pas, quand on aime ses proches, on est patient.

— Vous sortez d'un asile, vous, déclara la femme. Je voudrais vraiment savoir ce que vous avez fait de l'autre.

— C'est un secret, dit Jean. Pardonnez-moi, je ne voulais ni vous blesser, ni vous agacer.

Il se leva :

— Je m'en vais. Merci pour l'eau.

Il paraissait si triste que la femme eut pitié de lui.

— Avez-vous faim ?

— Oui. Très.

— Asseyez-vous.

Elle se tourna vers l'enfant :

— Donne-lui de la baguette.

Jean reçut son morceau de pain et demanda le nom du petit garçon.

— Christophe.

Premier moment d'espoir. Christophe ? Christ ? Il y avait donc encore des chrétiens dans ce monde pour se souvenir de lui ?

— Un beau prénom, dit-il.

— Dû au hasard. Après mon accouchement sous X...

— C'est quoi, sous X ?

— Quand on ne donne pas son identité.

Elle soupira :

— J'ai abandonné mon bébé à un couple, mais je l'ai récupéré ensuite. La mère biologique est bien défendue si elle réagit rapidement. J'avais un excellent avocat, humanitaire.

— Qui a appelé le petit garçon Christophe ?

— Je ne sais pas, dit la femme. Il y avait là-bas des religieuses...

Jean se montra intéressé :

— Où peut-on rencontrer des religieuses ?

— Leur couvent n'est pas loin d'ici. Elles soignent les malades à l'extérieur. Elles aident les plus pauvres qu'elles. Leur vie n'est que dévouement. On se demande comment elles supportent tant d'indifférence.

L'adresse qu'elle donna se grava dans la mémoire de Jean. Il était soudain soulagé. Dans un couvent, il trouverait un refuge, sinon de l'aide. La couturière, soupçonneuse et têtue, lui demanda une fois de plus ce qu'était devenu l'homme d'à côté. Il avait le même blouson.

— Le jour où il reviendra, je partirai.

Encore heureux que l'inspiration divine lui permette de prononcer un pieux mensonge.

— Vous aurez l'argent pour payer la chambre ? demanda la femme. L'autre a été battu à cause d'un retard. Le proprio a ses videurs. Les gens qui ne payent pas, ils les jettent dehors. Ça se passe la nuit. Mais un sans-papiers ne peut pas porter plainte contre quelqu'un qui loue au noir.

— Il y a beaucoup de Noirs par ici.

— C'est pas ce que je voulais dire.

Elle s'énervait.

— Au noir, ça veut dire...

Elle abrégea :

— Pas légal.

— Qu'est-ce qui est légal ?

— Ce qu'on n'a pas besoin de cacher.

— Le travail au sous-sol n'est pas légal, alors ?

— Non. Il fait ça, le patron d'en bas, pour ne pas payer de charges. Les clandestins, les pauvres venus d'Asie et d'ailleurs coûtent pas cher.

— Quelles charges ? s'enquit Jean.

— Vous m'épuisez, dit-elle. Vous faites quoi ?

— Je cherche du travail.

— Vous avez un peu d'argent ?

— Plus maintenant.

— Vous paierez la chambre comment ?

— Je ne sais pas.

— Vous avez de quoi manger ?

— Non.

— Vous êtes plus paumé que celui d'avant vous. J'ai une pizza, dit la femme. Christophe va la faire chauffer. Nous la partagerons. Je n'ai pas vu un homme bien fait depuis longtemps. Je suis fille-mère abandonnée et je m'abandonne. Quand il n'y a plus à qui plaire, on s'oublie.

Christophe s'activait, posait des assiettes sur une table étroite, des couteaux et des fourchettes. Ce garçon savait tout faire. Il avait dans un coin un petit pupitre et des cahiers. Jean demanda :

— Quel âge il a ? Il apprend quoi à l'école ?

— Tout et rien. Ça dépend de la maîtresse. Souvent elles sont très bien. Mais elles s'usent vite. Il a huit ans.

— Vous êtes française ? demanda Jean.

— Normande. Vous connaissez la Normandie ?

— C'est la France ?

— Bien sûr. Tout beau, tout vert, mais il n'y a pas beaucoup de travail, alors je croupis ici. Je ne peux même plus y aller en visite. Je suis une asphyxiée permanente. Mon fils aussi. Au bout de deux heures à la campagne, nous attrapons des taches vertes. C'est une maladie chronique, la chlorophyllite.

La pizza, appétissante, était maintenant sur la table ; Christophe coupa une grande tranche pour Jean Lemessie qui la dégusta avec plaisir.

— Votre nom, s'il vous plaît ? demanda Jean Lemessie.

— Odile.

— Un nom chrétien, constata-t-il.

— En effet, il y a une sainte Odile. A l'époque où je suis née, il était obligatoire de choisir pour l'enfant le nom d'un saint. Maintenant, vous pouvez nommer quelqu'un Casserole, Chaise, Rocher, Guitare, n'importe quoi. Vous vous appelez comment ?

— Jean, dit-il.

— Tiens, comme l'autre. Vous ne savez vraiment pas ce qu'il est devenu ? Vous pouvez me le dire, à moi. Il était relieur de livres anciens, au chômage.

— Livres anciens ? répéta Jean.

Deux mots familiers : livre, ancien.

— Vous devez le savoir, s'il était votre ami.

Jean se tut, prudent.

— Vous êtes un clandestin, vous aussi ! De quel pays ? demanda Odile.

— J'ai un titre de séjour. Je suis né...

Il hésita.

— Où ?

— Près de la Palestine.

— C'est loin et c'est arabe, constata Odile. Vous êtes un Arabe de là-bas ?

— Pas tout à fait.

— Juif alors ?

— Oui. Mais à trente-trois ans, j'ai été baptisé, j'ai eu une nouvelle religion.

— C'est compliqué, dit Odile. Alors vous êtes pas juif.

— Je suis un juif baptisé.

Elle éclata de rire.

— Quand on ne peut pas faire simple !

Elle avait de jolies dents et une petite langue toute rose, une gorge de chat. Odile riait comme un chat qui bâille.

On frappa à la porte. Odile pâlit :

— Mon Dieu, s'il vous trouve ici !

Jean trouva étonnante cette façon de s'approprier son père.

— C'est qui ? demanda-t-il.

Les coups résonnaient sur la porte.

— Une brute, dit Odile. J'ai eu une petite liaison avec lui, mais c'est un tel sauvage que je l'ai viré. Depuis des semaines, il me harcèle pour que je le reprenne.

Christophe protesta :

— Je ne veux pas de lui, maman.

La porte venait de céder. Entra un type costaud, brun, musclé, mal rasé, qui s'exclama en apercevant Jean :

— Regardez-moi ça ! Qui c'est, celui-là ?

Il empoigna Jean par le devant de sa chemise et le poussa dehors. Jean, désorienté par tant de violence, s'enferma chez lui. Il entendait Odile crier, Christophe pleurer. Il ressortit pour les défendre et l'homme furieux hurla :

— Vous allez ficher le camp d'ici tout de suite !

— Vous partirez, vous, dit Jean.

Les volets étaient fermés à moitié et, dans cette demi-obscurité, il semblait auréolé d'une lumière bleue. Le costaud recula en braillant :

— D'où sort ce gars ? De *X-Files* ?

Odile frissonna, Christophe regardait Jean avec un intérêt croissant, comme un film à la télé. L'ex-amant, dégoûté du phénomène insolite, partit en marmonnant des injures. Jean venait d'accomplir son premier miracle. La femme le remercia. Grâce aux films de la télévision, personne n'est étonné très longtemps.

De retour dans sa chambre, Jean examina ses mains, ses bras. Il avait l'impression d'un certain flou, vraisemblablement provoqué par son entrée dans la zone terrestre. X-Files ? Qu'est-ce qu'il avait voulu dire ? Injure ou adjectif qualificatif ? Pour se rassurer, Jean rejoignit Odile et, avant qu'il ait posé sa question, elle le devança.

— Vous m'avez fait une de ces peurs, vous aussi, dit-elle. Je rêve ou il y avait une lueur autour de vous ?

Jean esquiva l'explication.

— Peut-être juste un jeu de lumière.

L'après-midi, il parcourut le quartier. De nombreux sans domicile fixe se tenaient assis sur les trottoirs, souvent près des magasins. L'un avait exposé un carton marqué : « Pour manger », à côté d'un couvercle en plastique vide. Un autre tenait un chat sur les genoux. Jean se taisait. Parler d'amour aurait été une provocation.

Au retour, il se faufila dans la cage d'escalier de l'immeuble bruyant. Sa porte n'était pas fermée, il aperçut sur la petite table de sa chambre, dans un papier argenté, une tranche de gâteau. Odile et Christophe lui avaient préparé cette surprise. Il mangea de bon appétit, se lava avec un moignon de savon trouvé sur le lavabo, s'essuya à une serviette grisâtre et se coucha.

Le lendemain matin, il fut tiré de son lit à sept heures par un individu qui fit irruption brutalement sans avoir frappé :

— Juste pour te prévenir, mon gars. Tu as beau avoir changé de gueule, c'est ce soir que tu dois payer. T'es peut-être le frère jumeau de l'autre, ça m'est égal. Six cents francs par semaine, la chambre. S'il t'a laissé sa place, l'autre, tu dois être solvable, sinon gare à tes jambes...

Jean associa le mot solvable à l'argent. Il acquiesça.

— Chaque vendredi à dix-huit heures, tu payes, dit l'homme — carré comme un dessin d'enfant. Si tu ne les as pas, tes six cents balles, mes videurs te brisent les os et tu te retrouveras sur une décharge publique. Si t'es correct, personne ne te dénonce. Je paye — moi aussi — pour que vous soyez en sécurité. Les temps sont durs. Chaque vendredi, compris ?

Jean l'interrompit :

— Le lundi.

— Pourquoi lundi ? cria l'autre.

— Je serai payé lundi pour un travail du dimanche. C'est comme ça.

— Tu travailles le dimanche ?

— Oui.

— T'es dans quel atelier ?

— Ça ne vous regarde pas.

Il était heureux que les mots lui viennent naturellement, comme d'une source. Il pensait aux églises, aux sacristains, à l'argent des fidèles, à tout ce qui pourrait le dépanner. Dieu le Père voulait sans doute l'éprouver, mais Il ne l'abandonnerait quand même pas le dimanche à ce monde étrange. Jeté sur une décharge publique, les jambes brisées, à qui s'adresserait-il ? A Job ?

Le propriétaire fronça les sourcils :

— Bon. Chaque lundi soir, tu payes. Je viendrai chercher le loyer moi-même.

— Vous l'aurez, dit Jean.

N'avait-il pas l'adresse des religieuses ? Du couvent ? Elles le dirigeraient vers une église. Il pourrait balayer la maison du Père, et même servir la messe et être payé. Le ciel semblait moins loin.

Jean se leva, se rasa avec une vieille lame et s'apprêta à partir. Il salua sur le palier Odile qui allait chercher des vêtements à raccourcir ou à rallonger, et lui demanda si elle pouvait arranger les manches de sa chemise.

— Volontiers, dit Odile. S'il y a du tissu dans la couture, j'allonge la plus courte, sinon je coupe l'autre. Je verrai ce soir.

Ils descendirent l'escalier ensemble, Odile se plaignait de ne gagner que six cent mille francs par mois. Par rapport aux cent francs qui lui restaient, Jean trouva la somme fabuleuse.

— Mille semaines de loyer, dit-il. Et vous gagnez ça en un mois ?

— Je parle en vieux francs, répondit la jeune femme.

— Parce qu'il y a un jeune franc ?

— Nouveau, corrigea-t-elle.

— Depuis quand ?

— En l'an 2000, il aura quarante ans, le nouveau franc. Mais c'est difficile de s'habituer aux changements.

— Quel âge avez-vous exactement ?

— Trente et un ans.

Jean pensait que son français n'était pas suffisant pour bien saisir le sens de ce qu'elle lui disait :

— Vous êtes née lorsque le franc était déjà jeune ?

— Oui. Mais le vieux franc se transmet d'une génération à l'autre.

— Par respect ?

Elle haussa les épaules :

— Par le bouche à oreille.

Jean réfléchit. Les principes chrétiens pourraient se transmettre aussi de cette manière-là... Avoir les anciens et les nouveaux bons, les anciens et les nouveaux mauvais. Il fallait approfondir le problème. Avant de quitter Odile, Jean demanda où il pouvait trouver une église. Il fallait d'abord aller tout droit, ensuite, aux deux feux, à gauche, puis tourner une fois de plus à gauche, puis... Jean sourit :

— Merci, je la trouverai.

— Vous êtes croyant ? interrogea Odile.

Il préféra ne pas répondre, ç'aurait été trop compliqué et elle semblait pressée.

— Il n'y a pas de honte à ça, le rassura-t-elle. Moi, c'est saint Antoine. Il est chou, il m'aide. Je suis un peu tête en l'air, il ne m'abandonne jamais.

— Vous croyez en Dieu ? demanda Jean.

Elle s'exclama :

— Oh ! là, là ! Dieu ? Une question pareille si tôt le matin !

Elle balaya d'un geste l'air devant elle :

— Il doit y avoir quelque chose...

Elle se fit confidentielle :

— Le jour où tout va, j'y crois. Quand rien ne marche, j'y crois pas.

— Dieu éprouve ceux qu'il aime, dit Jean.

— Sans blague ! Alors je préfère qu'il m'oublie.

— Vous attendez quoi ? L'amour de vos proches ?

— Vous me faites des avances ? demanda Odile.

— Non, j'aimerais vous voir plus heureuse. Vous espérez quoi ?

— La douceur et la confiance, dit-elle. Puis le rire. Rire avec quelqu'un. Prenez pas cet air sérieux. Tchao...

— Bonne chance, dit Jean.

Ils se séparèrent au milieu de la rue où couraient des enfants africains. La rue de la Caille était si étroite que leur ballon, même un peu crevé, rebondissait d'un mur à l'autre. Avant de s'éloigner, Jean retint Odile avec une dernière question :

— Une seconde. Dites, en francs rajeunis, jeunes, c'est-à-dire pas vieux...

— Vous voulez dire nouveaux ?

— Oui. Vous gagnez quoi ?

Odile dut réfléchir.

— Il faut enlever des zéros. Venez frapper à la porte... Ce soir... Christophe vous le dira, il sait dire les deux.

En avançant dans la rue, Jean vit plusieurs bistrots. L'un d'eux, sympathique, s'appelait Bab-el-Oued. Il y prit un café mais par manque d'argent n'osa pas s'acheter un sandwich. Au bout de longues recherches et d'errances d'une rue à l'autre, il se trouva sur une petite place agrémentée d'arbustes poussiéreux. Auprès d'un buisson, un écriteau avertissait : « Pas de chiens ». Un lévrier gracieux, tenu en laisse par un monsieur digne, venait de pisser sur l'écriteau.

Jean franchit les quelques pas qui le séparaient de l'entrée principale de l'église, dont les doubles battants étaient fermés. Il fallait persévérer. En contournant le bâtiment, il trouva une petite porte entrebâillée et entra dans l'une des maisons que les humains pieux avaient bâties en l'honneur de son Père. Il éprouvait le besoin impérieux de se confier à quelqu'un.

D'emblée, il fut saisi par la vision d'un crucifix et du corps ensanglanté du Christ. N'avait-il pas voulu, à son époque, porter aux peuples l'espoir d'un monde meilleur, en deçà ou au-delà ? Pourquoi ne montrait-on du Fils que les statues figées dans une souffrance terrifiante ? Sans doute pour rappeler à l'humanité qu'il ne fallait plus jamais tant de cruauté, se consola-t-il. Il observait le visage tourmenté du Christ, la tête sertie par une couronne d'épines. Il tâta son cuir chevelu, effleura son front, les anciennes douleurs resurgirent. Il jeta un coup d'œil sur ses mains. Il craignait que le sang suintât de ses paumes. Revivre son passé évoqué par cette statue le désolait. Il s'agenouilla.

— Je suis triste, prononça-t-il à mi-voix.

— Je peux vous aider ? Aujourd'hui, il n'y a pas de confessions. Sauf cas d'urgence.

Le curé surveillait depuis quelques minutes ce vagabond à genoux sur un prie-Dieu. Ainsi interpellé, Jean réfléchit. Depuis qu'il était arrivé sur terre, il n'avait guère eu le temps de pécher, ni en actes, ni en pensées. Ses pieux mensonges étaient nécessaires pour sa mission. Ce prêtre lui inspirait confiance, aussi bien par sa vocation que par l'indulgence que reflétaient ses traits.

— Je voudrais vous parler...

— J'allais fermer, dit le prêtre en se frottant la cuisse torturée par son nerf sciatique.

Chaque pas lui faisait mal.

— Juste quelques mots.

— Demain. Revenez demain.

— J'ai besoin de conseils.

— Vous êtes catholique ? demanda le prêtre.

— Baptisé.

— Catholique ?

— Sans doute.

— Vous n'en êtes pas sûr ?

— A l'époque, il n'y avait pas de définition très claire. L'acte existait, depuis les purifications de Qumrân... L'habitude reprise, saint Jean la pratiquait...

Le curé plissa les yeux. L'affaire s'annonçait compliquée.

— Il y a tellement de religions de nos jours, dit-il prudemment. La nature du baptême aide à reconnaître les appartenances. Suivez-moi, je vais vous écouter avant de fermer.

Une forte odeur de poussière planait dans la sacristie. En dehors des armoires murales haut placées, une table et deux chaises meublaient l'espace étroit.

— Prenez place, dit le curé. Si vous avez quelque chose à dire, je vous écoute. D'où venez-vous ?

— Monsieur..., commença Jean.

— Appelez-moi « mon père ».

— Je ne peux pas. Mon Père est au ciel.

— Mort depuis longtemps ? demanda le curé.

— Il est éternel.

— C'est bien de parler comme ça de son père, admit le curé.

La douleur le tenaillait de la cheville gauche jusqu'à la hanche irradiée d'élancements. Ce maudit nerf se coinçait souvent.

— Je suis touché par votre affection filiale. Votre père est décédé de quelle maladie ?

Jean ne répondit pas.

— Vous venez d'où ? De l'Est, peut-être ?

— De l'est de quoi ?

Le curé hésita. La tournure d'esprit de l'étranger commençait à le fatiguer. Il fit appel à toute sa patience chrétienne :

— J'ai un peu de café dans une bouteille Thermos, je peux vous en offrir.

— Volontiers.

Le prêtre remplit deux gobelets de carton.

— Alors, que puis-je faire pour vous ?

L'aspect de cet homme éveillait en lui des réminiscences, mais de quoi ?

— Répondre à quelques questions. Les relations spirituelles entre les hommes et Dieu sont-elles actuellement satisfaisantes ?

— C'est pour une enquête ? demanda le curé. Ça tombe bien. Vous pouvez dire que la communication ne passe pas du tout. Des personnes âgées prient parce qu'elles se sentent proches de leur mort. Les jeunes défilent parfois avec des banderoles marquées « Vive la foi ! », mais ils ne disent pas laquelle. En général, le peuple a compris que le monde matérialiste agonise. Il y a aussi les incertains, ils ne savent pas ce qu'il faut penser. Quel est votre nom ?

— Jean.

— Dans votre rapport, vous pouvez signaler la difficulté de remplir de nos jours une église. Quand, rarement, j'affiche un presque complet, je crois rêver. Ça m'est arrivé pour la dernière fois lors d'une manifestation. L'église était occupée par des sans-papiers. Leur présence animait les vieux murs. Quand la police les a délogés, je me suis cru à l'époque des Romains. Et des arènes. Tu cherches quoi, mon fils ?

Jean détourna la tête.

— Permets-moi de te tutoyer. Tu n'aimes pas quand je dis « mon fils » ?

— Pas forcément.

Le curé insista :

— C'est un terme affectueux. Tu travailles ?

— Il faut que je trouve du travail, dit Jean. Et je veux être payé en vieux francs. C'est plus avantageux.

— L'humour de l'Est, constata le curé.

Jean reprit :

— On m'a parlé d'un couvent et de religieuses. Elles pourraient avoir besoin de mes services, si vous vouliez me recommander...

Le curé poussa un soupir :

— Elles font tout elles-mêmes. La mère supérieure est une sainte femme. D'une bonté ! Tu veux l'interroger aussi ? Si je comprends bien, pour le moment, tu es engagé dans un institut de sondage ?

— En quelque sorte. Je dois m'informer. Les fidèles éprouvent-ils le besoin de manifester leur amour, leur affection, sont-ils à l'écoute de leurs proches ?

— Ça dépend. Les volontaires dans les hôpitaux, ceux qui accompagnent les mourants... sans eux, que de malades mourraient seuls, sans aide.

— Quelle tristesse ! dit Jean. Et pour le reste ?

Le curé susurra :

— En général, les intérêts matériels dominent.

Jean cherchait à comprendre :

— Vous parlez des marchands du Temple ?

Le curé l'interrompit :

— J'ai trop mal pour apprécier tes métaphores.

— Ce que j'aurais à vous dire pourrait vous emplir de joie.

— J'en doute, mais vas-y...

Il avait de l'aspirine quelque part. Mais où ? Jean se pencha vers lui et renversa le gobelet. Le fond de café se répandit sur la table, le prêtre l'essuya avec des mouchoirs en papier.

— Je suis le Fils de Dieu.

Le curé croyait avoir tout entendu au long de sa carrière d'ecclésiastique, mais pas ça encore. Il devait rester calme, ne pas faire de mouvement brusque. L'individu n'était pas agressif et sans doute pas armé. Juste un peu atteint.

— Qu'est-ce que tu as dû avoir comme chocs moraux, dit-il, compatissant. Et quel métier que le mien ! J'ai eu deux cas semblables, cette semaine. Deux hommes bouleversés m'ont interpellé à trois jours d'intervalle, hors confession. L'un allait se suicider, je l'ai dissuadé, l'autre rêvait chaque nuit d'un couteau. Il le serrait, il voulait le jeter, le couteau collait à sa paume. Il allait tuer quelqu'un malgré lui. Tu vois, mon fils, on peut absoudre des péchés, mais nous ne sommes pas qualifiés pour soulager des obsessions psychologiques.

Jean écoutait, poliment. Le curé reprit :

— Tu peux dire dans ton enquête, en dehors de tes plaisanteries malvenues, que je vois de nombreux cas de déséquilibrés mentaux. Sous l'effet des images violentes et des actes sauvages, certains craquent.

— Je vous jure, je suis envoyé par Dieu.

Le curé était scié de douleur.

— Ton idée fixe est positive. Se croire le Fils de Dieu est un fantasme noble, mais à ta place, je ne le répéterais pas trop. Tu risques d'être licencié.

Jean insista :

— Je vous donne ma parole biblique, je le graverai même sur une plaque de marbre, je suis le Fils de Dieu. Il m'a renvoyé sur terre parce qu'Il ne supporte plus les agissements des êtres qu'Il a créés.

— Il a raison, dit le curé, jovial. Mais tu n'as pas la tâche facile.

Il avait pour principe de ne pas agacer les individus perturbés. Mais il était urgent de se débarrasser de ce type.

— J'ai un ami, reprit-il, un médecin. A ses débuts il était généraliste, depuis quelques années il est devenu psychiatre. Je vais t'envoyer chez lui.

Jean dit, paisible :

— Je ne suis pas malade. Mais s'il voulait m'écouter...

— C'est cent cinquante francs les vingt minutes, je crois. Remboursés ou non par la Sécu ? Je ne peux pas te le dire.

— Payer pour qu'on m'écoute ? Non. Grâce à mes paroles, il pourrait, lui, voir plus clair et purifier son existence.

Le curé cherchait du regard son téléphone portatif.

— Belle idée.

Le petit téléphone ? A quel endroit ?

— Vous vous souvenez de la nuit de la tornade ? demanda Jean.

— Ça ne s'oublie pas, dit le curé. Dans la cour, derrière, les branches de l'arbre sont cassées.

Jean insista :

— La comète Are-Are est passée au-dessus de Paris.

— Tu parles comme un bébé. Areuh... Areuh... Et alors ?

— C'est elle qui m'a projeté ici.

Le curé avait l'air réjoui :

— Bien sûr ! Les comètes sont à la mode. « Tu l'as vue, je l'ai vue », on n'entend que ça...

Il venait de repérer son téléphone. Il s'empara de l'objet, composa le numéro. Occupé. Il voulut placer une boutade bon enfant :

— Tu fais du stop ? Tu arrêtes les comètes ?

Le numéro de son ami était inscrit dans la mémoire de l'appareil, il pouvait renouveler l'appel en appuyant sur une seule touche. Il chercha à gagner du temps :

— Aux Etats-Unis, trente-neuf individus sont partis rejoindre une comète. Toi, tu arrives de là-bas. Ça fait un de ces va-et-vient ! Ferais-tu partie d'une secte ? Ou sors-tu d'un... — il n'osa pas prononcer « asile », il dit « hôpital ». Serais-tu un écrivain de science-fiction qui essaie sur moi ses gags...

Jean joignit les mains :

— Ne mettez pas ma parole en doute, je vous en prie. Je suis le Fils de Dieu. Il m'a envoyé ici, désespéré par le comportement actuel des humains. Je pourrais prêcher dimanche. Vous verrez, l'église sera pleine si vous leur annoncez la visite de celui qu'ils prient.

Le prêtre fronça les sourcils :

— Il me reste un peu de café, tu en veux encore ?

Il appuyait désespérément sur la touche de répétition. Jean continua :

— L'autre problème, c'est que je dois payer mon loyer lundi. Comme vous êtes un homme de Dieu, vous pourriez m'aider à trouver un travail. Quand on sert le Père, on n'abandonne pas le Fils. Si je pouvais travailler pour des vieux francs, ce serait plus avantageux. Mais je ferais n'importe quoi, même pour des jeunes francs.

Le curé voulut manifester — lui aussi — son sens de l'humour :

— Tu n'as qu'à faire un miracle. Pense très fort : « Je veux de l'argent. » Il y en aura tout de suite un tas sur la table.

— Avec le pain, c'était facile, dit Jean, mais l'argent... Si j'avais une pièce d'or, peut-être, mais c'est beaucoup moins commode qu'à l'époque où j'allais d'une région à l'autre et que je pêchais et que je prêchais.

Le prêtre se leva, soudain fâché. Les élancements s'accentuaient dans sa jambe et devenaient presque insupportables.

— Tu es d'un cynisme effroyable, dit-il. J'étais patient, mais je n'accepte plus d'écouter des plaisanteries de ce genre. Le nom du Christ sur tes lèvres, l'évocation irrespectueuse des miracles...

Jean s'écria :

— J'ai tous les droits. C'est ma vie ! J'ai deux mille ans. Si vous me repoussez, vous, qui me croira ?

— Tu joues à la réincarnation, dit le curé qui appuya une fois de plus sur la touche de son téléphone. Enfin la sonnerie retentit de l'autre côté et le médecin décrocha.

— Allô ? Le docteur Schtrich ? Julius à l'appareil.

Il se tourna vers Jean :

— Une seconde. Tu permets ?

Il s'éloigna de la table et serra le téléphone contre son visage.

— Aidez-moi. J'ai ici un malade en crise. Non, pas une ambulance. Non. Juste l'apaiser. Avec des mots. C'est le délire complet. Mais paisible. Le cas dépasse largement mes compétences.

Reculé dans un coin sombre de la sacristie, il couvrait l'appareil et sa bouche avec sa large main droite :

— Non, il n'a pas voulu me tuer comme l'autre il y a quinze jours. Non, ce n'est pas ça. Il n'a pas d'arme. Il se prend pour le Fils de Dieu.

La voix du médecin parvint, exaspérée :

— Je ne veux pas le recevoir. Je dois partir à la campagne. Il fait trop beau, j'ai une crise d'asthme. J'allais quitter Paris.

Il toussa :

— Je ne veux ni du fils, ni du père. Pas avant la semaine prochaine. J'ai déjà un prophète en attente, sous calmants, hospitalisé hier. J'ai eu mon compte de cinglés.

Le médecin parlait d'une voix si forte que Jean l'entendit. Le curé ne s'en aperçut pas, il se rapprocha de la table. Jean intervint :

— Dites-lui que je lui pardonne. Je comprends son surmenage, ses impatiences, son intolérance... Je lui pardonne.

Le médecin hurla de l'autre côté :

— Je l'entends d'ici. Qu'est-ce qu'il veut me pardonner, à moi, votre client ? Hein ? Que j'existe ? Il m'agace. Passez-le-moi.

Jean prit le téléphone et déclara :

— Je pardonne à ceux qui m'offensent. Vous avez dit cinglé. Un méchant mot. Un jour, vous demanderez mon aide. Peut-être lors de la dernière nuit avant l'an 2000. Vous n'avez pas le droit de maltraiter ceux qui s'adressent aux autres avec confiance. La fraternité est un devoir...

Il appuya sur une touche par hasard, la ligne fut coupée. Le curé était blême de peur.

— Tu as été trop brusque avec le médecin. Je t'avertis pour la dernière fois, il ne faut pas se moquer d'un vieux prêtre et jouer avec les mots sacrés. C'est déjà suffisamment difficile de répondre aux fidèles qui nous harcèlent en demandant : « Pourquoi Dieu ne fait-il pas ceci ou cela ? »

Jean répondit :

— Je pourrais prêcher et leur expliquer que Dieu est submergé par des vagues de prières. Ils doivent savoir — les croyants — que de temps en temps, lorsqu'il y a trop de nuages, c'est un signe. Les prières accumulées forment des rideaux cosmiques.

— Tu as raison, dit le curé. Je reconnais que Dieu doit avoir beaucoup de travail. Viens, je t'accompagne jusqu'à la porte, il faut que je rentre chez moi.

Ils avancèrent dans l'église.

— Tout cela est trop tragique, remarqua Jean en regardant à droite et à gauche. Les statues. Leur nombre même évoquerait l'idolâtrie. Vous souvenez-vous de Jérémie ?

— Il y a beaucoup de Jérémie.

— Celui qui vivait au nord de Jérusalem...

— Ah oui, ça me dit quelque chose.

— Un roi l'avait jeté en prison parce qu'il se révoltait contre l'idolâtrie. Jérémie était un penseur, un révolutionnaire.

— Bien sûr, dit le curé. C'est évident. Jérémie... J'ai juste eu un trou de mémoire.

Jean s'arrêta devant un grand Christ sur la Croix :

— Comment voulez-vous donner de l'espoir avec ça ?

— Il s'est sacrifié pour nous.

— Lui qui s'était donné avec tant de ferveur à la cause de l'humanité, on le remercie comment ? Hein ? Le peuple s'habitue à le voir agonisant partout. Il n'est pas normal qu'on banalise sa souffrance.

— Ne vous énervez pas, vous transpirez, dit Julius.

A la place de la couronne d'épines suintaient des gouttes légèrement rosées.

— Allez.

Le curé poussa Jean vers la petite porte et la referma derrière le visiteur. Enfin seul dans l'allée latérale, le curé s'agenouilla devant le Christ sur la Croix.

— Sauvez-moi des fous et pardonnez leurs offenses. Ils ne savent pas ce qu'ils disent. Je ne suis pour rien dans tout cela. Merci.

Devant l'église, le soleil attaqua Jean. Il plissa les paupières. Autour de lui, le beau temps faisait tousser. Les passants avaient les yeux rouges, comme les lapins, et les gosses arrivaient dans les bras des parents — entraînés à ces exercices de sauvetage rapide — dans les services d'urgence des hôpitaux pour passer quelques heures sous des masques à oxygène. Ceux qui n'avaient pas d'enfants sortaient leurs chiens en les portant dans les bras, les déposaient pour les besoins et rentraient aussitôt.

Les hommes et les femmes — souvent jeunes — qui vivaient sur les trottoirs au niveau des caniveaux avaient devant le nez et la bouche des loques nouées pour filtrer l'air. Jean se rendit dans un bureau de tabac où il changea ses cent francs en pièces de cinq francs. La femme, derrière le comptoir, lui donna vingt pièces de cinq francs.

— Vous n'en avez pas de vieux, pour que j'en aie un peu plus ?

La femme retint une réponse violente et lui tourna le dos. Jean distribua quatre-vingt-dix francs dans les soucoupes des SDF. Il lui restait deux pièces de cinq francs. Comment les multiplier pour pouvoir en donner à tout le monde ? Il se concentra. Mais il ne lui restait toujours que deux pièces dans les mains.

Une heure plus tard, il arrivait devant le couvent. Deux sœurs s'efforçaient de soulever de grandes poubelles, lourdes. Il se précipita pour les aider. Elles lui dirent un merci chaleureux. Pour rester auprès d'elles, il leur proposa un service de nettoyage, il pourrait travailler toute la journée. Il fut conduit vers le bureau de la mère supérieure, une femme sans âge, pâle et souriante. Elle reçut Jean dans une pièce modeste aux fenêtres hermétiquement fermées.

— Vous cherchez du travail ?

— Oui, dit-il. Je peux tout faire. Transporter des objets lourds, laver, vider caves et greniers. Je suis un homme à tout faire. Je peux même prêcher.

— Votre remarque est amusante.

Jean toussa.

— Je m'étrangle, dit-il comme en s'excusant.

— C'est une journée de pics de pollution.

— Je n'ai pas l'habitude. Je suis en difficulté. Je demande votre aide.

— Je vous écoute.

— Il faudrait que je gagne six cents francs d'ici lundi soir.

— Une forte somme.

— C'est pour payer ma chambre.

— Si on compte cinquante francs l'heure de travail, ça ferait douze heures de travail.

— Je dois gagner cette somme, sinon je me retrouverai dans la rue.

La sœur l'examina du regard :

— Qu'avez-vous fait jusqu'ici ?

— Tout. Ce qui se présentait, au hasard.

— Quel est votre métier d'origine ?

— Artisan.

— Quelle branche ?

— Le bois.

— Vous avez du mal à trouver du travail...

— Oui.

— Vous n'avez pas envisagé une autre orientation ? L'informatique, par exemple ?

— Mon destin a été influencé par des événements plutôt spirituels.

La religieuse répondit :

— C'est le résultat qui compte. Vous voyez où vous êtes, dans l'insécurité ! Je peux vous proposer deux heures de travail. Pour cent francs. Il faudrait nettoyer nos sous-sols et...

Elle réfléchit :

— Avez-vous une religion ?

— Je suis baptisé.

— Etiez-vous enfant de chœur ?

— C'est loin, dit Jean.

— Nous avons un problème, dimanche prochain. Il faudrait aider le prêtre, servir la messe. Une messe traditionnelle.

— Traditionnelle ?

— Notre prêtre dit la messe en latin, tourné vers l'autel. Nous avons déjà eu des ennuis avec les fidèles qui veulent la messe en français et le prêtre de face.

Jean s'étonna :

— Le plus important, c'est que la messe ait lieu.

— Ce n'est pas si simple, dit-elle. Vous êtes baptisé selon quelle religion ?

Jean esquiva :

— Purifié par l'eau.

— Il faut connaître la religion à laquelle on appartient pour respecter ses règles. Quelles sont vos origines ?

— Sémites. J'ai dû naître, selon ce que j'ai entendu dire, dans une écurie.

La sœur opina :

— Pourquoi pas ? Tout peut arriver, de nos jours. Vous avez dû beaucoup regarder la télévision, ce qui n'est pas souhaitable si vous voulez rester actif. En tout cas, servir la messe chez nous nécessite de connaître un peu de latin. Pour le moment, ajouta-t-elle, coupant court, allez nettoyer, les sœurs vous donneront des produits et vous montreront l'endroit.

— Avec joie, répondit Jean.

Après son passage, le sous-sol brillait. Une des sœurs fit remarquer qu'elles n'auraient jamais un homme à tout faire comme celui-là. La mère supérieure lui donna les cent francs :

— Que Dieu vous bénisse.

Etait-ce le moment de partager avec cette femme délicate son secret ? Si elle apprenait que l'homme de ménage était le Fils de Dieu, elle lui trouverait sûrement un lit quelque part, même dans les sous-sols devenus propres. Il regretterait de ne plus voir Christophe et Odile, mais pour faire face dignement à sa mission, il était préférable qu'il n'ait pas de soucis de logement.

— Si j'habitais ici, je pourrais me rendre utile. J'aurais besoin juste d'un lit et d'un lavabo.

— La présence d'un homme dans ces murs est interdite. Mais si vous ne trouvez rien d'intéressant dans les prochains jours, revenez nous voir. Votre accent est d'où ?

— Tout le monde a un accent, dit Jean.

Quelle perte de temps de s'occuper de telles questions !

— La curiosité, dit la sœur. Lorsque je vous écoute, je sens une odeur d'encens. Je dois avoir un souvenir olfactif de quelque chose. Vos manières inhabituelles m'intriguent...

Jean la regarda. S'il lui disait la vérité ? Le Fils de Dieu pourrait être logé au couvent.

— Et si j'avais un secret à vous confier ?

Elle fit non de la tête :

— Je ne veux entendre aucun secret, c'est trop pénible. Tant de gens sont si malheureux. On mesure notre impuissance. Les mots ne servent plus à rien.

Jean suggéra :

— Leur dire que s'ils étaient meilleurs, plus généreux... plus...

La religieuse fit un geste :

— Pas la peine. Je vous le répète, les mots sont usés.

Intéressée par le personnage, elle continua :

— Je peux vous confier une tâche supplémentaire. Une course à trente francs. Vous devrez porter dans le seizième arrondissement un paquet à une vieille dame dont la nièce était sœur chez nous. Elle est partie en Bolivie, en laissant quelques affaires à expédier rue Spontini, près du Bois. Vous savez où est le Bois ?

— Non, mais je le trouverai.

Elle alla chercher le sac en plastique et le confia à Jean ainsi que l'adresse, puis l'accompagna jusqu'à la sortie :

— Si vous avez un très gros problème, revenez.

Elle chuchota :

— Même si vous êtes de l'Est.

— Pourquoi « même » ?

— Depuis la deuxième catastrophe en Ukraine, nous avons en France des réfugiés clandestins, ils sont radioactifs, ils peuvent se cacher dans la journée, mais on les repère la nuit. Ils sont phosphorescents. La police les traque et les groupe. Leur camp officiellement secret est couvert de bâches géantes, sinon leur lumière les trahirait. La radioactivité ronge les os des hommes et des femmes. Il y a des enfants victimes aussi. Ils deviennent tout petits, maigres et de plus en plus lumineux. Ensuite, leur tombe elle-même est éclairée.

— Pourrais-je leur rendre visite ?

— Ils sont au secret et contagieux ! Dans des camps entourés de fils de fer barbelés. Si vous y entrez, on ne vous laissera plus sortir...

— Je pourrais leur porter la parole.

— Ils ont besoin d'eau minérale. L'eau en bouteille est leur seul bonheur. La Croix-Rouge leur distribue des rations.

Au long des rues qui conduisaient du dix-huitième au seizième arrondissement, Jean fit la connaissance du Paris de tous les jours. Les cyclistes masqués roulaient au bord des trottoirs, les enfants gris de pollution regardaient l'extérieur à travers les vitres souvent sales des maisons, il ne fallait surtout pas sortir quand il faisait beau. Les voitures étrangères étaient équipées, comme les avions, avec des masques qui tombaient devant le nez des conducteurs lorsque le taux d'oxyde de carbone dépassait la limite autorisée. Les chauffeurs de taxi étaient plus ou moins blêmes et risquaient leurs poumons pour gagner leur vie, les femmes et les hommes portant des cabas marchaient lentement pour ne pas inspirer trop d'air surchargé d'ozone.

Jean découvrit une épicerie tenue par des Marocains légèrement bronzés, comme lui.

Eux, ils étaient souriants et quand il acheta des pommes, on lui en ajouta une en cadeau. Les souvenirs de leur beau pays leur servaient d'oxygène. Jean s'attarda devant la vitrine d'un magasin de télévision. Sur chacun des huit écrans exposés se déroulait une action différente.

Il vit des voitures flamber, des gens s'entretuer, il aperçut des robots japonais ou chinois, des monstres fonçaient, des voitures tournaient en rond. Il observa les agissements d'une femme qui battait une pâte dans un bol. Sur l'écran à côté, un homme immobilisait un autre homme, avec un couteau sous la gorge. A côté, une fusillade décimait la foule. Plus loin, une femme vantait la douceur de sa peau. Le petit robot grimpait d'un caillou à l'autre sur Mars. « Encore un peu, et ils espionneront les pieds de mon père et ceux des anges », pensa Jean, trouvant ces images indiscrètes.

Il continua son chemin. S'il disposait d'un écran — il lui faudrait juste le son — il pourrait transmettre à plusieurs personnes à la fois le message de Dieu.

Le paquet qu'il portait était assez lourd. Il arriva rue Spontini. Par ici, tout était beau et propre, et les fenêtres fermées. L'immeuble où il devait entrer avait un Interphone. Il essaya chaque touche, des voix grésillèrent.

« C'est quoi ? », « Vous voulez quoi ? », « On n'ouvre à personne ». Quelqu'un dit :

— Vous cherchez... ?

— Madame Duvernay.

— Pas de Madame Duvernay ici.

Il trouva le bouton qui fit parler la concierge, celle-ci indiqua le bouton Duvernay. Il sonna. Une frêle voix de femme répondit, après une longue attente :

— Qui est là ?

— Je vous apporte un paquet. Je viens de chez les religieuses.

— Sonnez chez la concierge et donnez-le-lui.

— Je dois remettre ce paquet, à vous, en mains propres.

La voix tremblait :

— C'est bien tout ce que vous voulez ?

Qu'aurait-il pu vouloir d'autre ?

— Quelle est la preuve que les religieuses vous ont confié ce paquet ?

— Je n'ai pas de preuve. Sauf le paquet.

— Vous auriez pu le voler.

— Mais alors pourquoi je vous l'apporterais ?

— Quelle est l'adresse des bonnes sœurs ?

Il la précisa. Un petit bruit, la porte s'ouvrit. Il entendit :

— Troisième étage à gauche.

Il s'engouffra dans un ascenseur dont il fallait refermer doucement les battants étroits, comme les pages d'un livre. Au troisième étage, Madame Duvernay entrouvrit sa double porte en chêne massif. Il y avait trois chaînes de sécurité, en haut, au milieu et en bas. A travers la fente verticale, il aperçut un visage fin, éprouvé. Elle poussa un petit cri :

— Vous avez les cheveux longs !

— N'ayez pas peur, dit-il. Comment je peux faire passer par cette toute petite fente un si gros paquet ?

— Posez-le devant la porte et quand vous serez parti, je le prendrai.

— Je voudrais le poser à l'intérieur, sinon vous aurez de la difficulté à le soulever.

— Vous avez un accent, dit-elle. Tout le monde est étranger dans ce pays. Quel est votre nom ?

— Jean.

— Vous avez un prénom français ? Jean ?

Une chaîne tomba.

— Et quel est votre nom de famille ?

— Lemessie.

Elle s'exclama :

— Comment peut-on porter un nom pareil ?

— Je suis né avec.

— Votre nom, c'est Jean Lemessie ?

— Oui.

La deuxième chaîne tomba.

— Vous avez quel âge ?

— Trente-trois ans.

— Vous êtes coursier ?

— Je fais les travaux qu'on me confie.

— Vous ne vouliez pas commettre une agression ?

— Non.

La troisième chaîne tomba. La petite dame distinguée entrouvrit la porte. Jean était si grand, si fort qu'elle semblait, à côté, à peine plus qu'un fétu de paille. Il entra le paquet à l'intérieur du hall, le posa sur le sol en marbre. Les lustres en cristal étaient couverts de poussière. Le salon s'étendait à l'infini. La femme devait être très riche, très seule. Elle recula de trois pas :

— Vous ne voulez pas me tuer ?

— Non. La mère supérieure a dit que votre nièce avait laissé ça dans sa chambre. Vous ne voulez pas vérifier le contenu ?

Elle hocha la tête :

— Je n'étais même pas au courant. J'ai d'autres problèmes. Je ne peux plus voir le ciel.

— Les yeux ? demanda Jean.

— Mes fenêtres sont sales. Je n'ose pas faire entrer ici une entreprise de nettoyage.

Les employés envahiront l'appartement, ils iront partout...

— Voulez-vous que je nettoie vos vitres ?

Comme par magie, elle eut soudain confiance. Elle lui montra un placard dans un endroit qu'elle appelait l'office. Il y avait des produits comme dans un magasin. Il trouva un seau, un tas de chiffons en similipeau et se mit à nettoyer. Il devait grimper sur le rebord extérieur des fenêtres, surmonté d'une petite balustrade en fer forgé qui ne lui arrivait qu'à mi-mollet. De l'intérieur de l'appartement, Madame Duvernay le suppliait :

— Ne tombez pas. J'ai si peur pour vous. Je préférerais que mes fenêtres restent sales.

Jean avait l'impression de nettoyer toute la saleté du monde. Il éprouvait un grand bonheur en passant ces produits sur les fenêtres recouvertes d'une couche épaisse de gras due à la pollution. Les fenêtres se mettaient à briller, le soleil entrait de tous les côtés. Madame Duvernay passait d'un endroit à l'autre :

— Tout brille. On dirait que c'est le bon Dieu qui vous envoie.

Jean souriait et travaillait. Il monta sur un escabeau, fit briller les cristaux des lustres. Comme des étoiles. Il s'attaqua ensuite au parquet. A six heures de cet après-midi de samedi, la vieille dame lui dit :

— Vous êtes un ange.

— Merci, dit Jean, merci. Je l'ai fait de bon cœur.

— Combien voulez-vous ? demanda la dame.

— Selon votre appréciation.

— Tenez. Ça suffira ? Merci pour tout.

Elle lui donna trois billets de cinq cents francs. Un pactole. Avec en plus l'argent des religieuses, il pourrait payer plus de deux semaines de logement. Il allait manger aussi, s'il ne distribuait pas tout avant.

— Est-ce que vous pourriez revenir dans six mois ? demanda Madame Duvernay. Dans six mois, tout sera de nouveau sale.

— Vous avez peut-être besoin de quelqu'un avant ?

— Non, dit-elle, non. Je salis peu. L'épicier me porte des bouteilles d'eau. Si vous revoyez la mère supérieure, dites-lui merci pour votre présence.

Il prit son courage à deux mains :

— Puis-je vous transmettre un message divin ?

— Ah non ! s'exclama-t-elle. Des colporteurs de foi se présentent souvent avec des prospectus sur Dieu. Je ne crois pas dans un au-delà, alors pas la peine d'inventer des messages.

— Pourquoi ne croyez-vous pas dans l'au-delà ?

— S'il y avait un Dieu, il n'aurait pas accepté que mes enfants m'abandonnent.

— Où sont-ils ?

— Sur des branches d'arbre, comme les vautours. Ils attendent ma mort. Un fils et une fille... Ils attendent inutilement. Je laisse toute ma fortune — ce qui m'en reste — à une institution d'enfants aveugles.

— Les vôtres souffriront dans l'éternité des feux...

— Ce n'est pas une vengeance dont j'aurais rêvé, mais de l'amour. Je crois que l'amour filial n'existe pas. Vous hébergez quelqu'un dans votre ventre, il grandit et il vous crache à la figure.

— Vous m'arrachez le cœur, dit Jean. Ce n'est pas vrai pour tout le monde. Il y a des familles unies, des enfants qui aiment leurs parents.

— Merci pour l'information. Mais inutile de retourner le couteau dans la plaie en me racontant le bonheur des autres.

Elle ajouta :

— Deux couteaux dans une seule plaie ! Partez, maintenant. Je n'aime pas évoquer mes chagrins. Au revoir.

Elle le retint sur le seuil :

— Je suis sûre que vous étiez un bon fils ! Vous n'avez pas dû faire souffrir votre mère !

— Hélas oui, mais d'une autre manière et malgré moi, dit Jean, et la porte se referma derrière lui.

Le soir, il ne pouvait pas s'endormir. Il entendait des disputes de tous les côtés, parfois les locataires frappaient sur les murs, les plafonds et les sols pour faire taire les autres. Vers minuit, il sortit sur le palier. La porte d'Odile s'ouvrit, elle sortit aussi, vêtue d'un pyjama sévère :

— Ah ! dit-elle. Vous êtes là ? Tant mieux ! Vous pourriez peut-être m'aider ? Regardez ça !

Elle tenait un morceau de métal luminescent.

— Si vous pouviez m'en débarrasser, continua-t-elle. Un copain de Christophe l'a ramassé sur un terrain vague et le lui a donné. Ça fait de la lumière tout seul.

Jean prit l'objet. Odile souffla sur ses mains.

— Je ne sais même pas s'il me glace ou me brûle.

— Je m'en charge, dit-il. Allez vous coucher.

— Je n'aime pas ça, fit-elle. Il y a des réfugiés de la Deuxième Catastrophe russe, ils sont phosphorescents. Si on nous croyait contaminés, nous serions internés, nous aussi. Je ne veux pas hériter des drames des autres, les miens me suffisent.

Jean était en possession d'un fragment de lune tombé à la suite du mouvement brusque d'Are-Are. Il serra l'objet contre sa poitrine. Les émanations célestes le rassuraient. La turbulente Are-Are avec sa queue de gaz bleue avait écorché le contour de la lune. « Père avait raison, pensa-t-il, la lune est devenue friable. »

Odile reparut sur le palier :

— J'ai des remords, je ne devrais pas vous confier cette chose. Sa lumière pourrait attirer l'attention sur vous.

Elle observait son étrange voisin dont le visage était émouvant de gravité.

— Vous me rappelez quelqu'un, dit Odile, mais pas celui qui était dans cette pièce avant vous. Quelqu'un d'autre.

Jean restait perplexe. Il était venu avec mission de sauver l'humanité et sans l'éclairage d'un fragment de lune, sa voisine ne l'aurait même pas bien regardé.

— Vous voulez me dire quelque chose ? demanda Odile.

Il préférait se taire. Elle soupira :

— Il faut dormir. Bonne nuit.

Jean, plein d'énergie céleste, retourna dans sa chambre et cacha sous son lit le morceau de lune. Il tenta d'entrer en contact avec son Père, mais le ciel resta silencieux.

***

Au musée d'Art moderne, l'employé du service de sécurité, attiré par l'émanation luminescente, signala par téléphone portatif au central que l'objet déposé récemment était phosphorescent.

— Après combien de verres ? demanda la standardiste.

***

Un nommé Harpa, savant avare et calculateur, monnayait cher son génie. Il travaillait pour les Américains, ce qui ne l'empêchait pas d'encaisser aussi des dessous de table des petits pays européens. Harpa avait à définir le lieu exact où se situait le Point Faible de la lune, seul endroit où, près de la mer de la Fertilité, les futurologues pourraient installer une colonie d'enfants surdoués et les dresser à vivre sur l'astre. Les territoires situés autour du Point Faible étaient, selon les analyses, habitables. L'être humain pourrait y fabriquer, avec les machines transportées sur place, de l'oxygène. Mais l'approche représentait un danger extrême. Le Point Faible se situait dans un environnement très fragile. Il aurait suffi de se tromper de mesures pour que la lune éclate et que le monde sombre dans une nuit noire.

Harpa avait demandé à l'Organisation Galaxie, qui lui avait confié ce travail, cent millions de dollars en petites coupures, des camionnettes entières remplies de billets. Entre-temps, lors du passage imprévu d'Are-Are, les fragments détachés de l'astre avaient déséquilibré les calculs d'Harpa. Il s'arracha les cheveux de colère et tenta de reconstituer les mesures faussées par l'intrépide Are-Are. Harpa s'était bien gardé d'informer de ses problèmes de déplacement de cible les astrospécialistes. Ceux-ci continuaient à ajuster la trajectoire de leur missile. Harpa leur garantissait l'exactitude de ses calculs.

— Ma colonie à moi s'installera sur la lune bien avant la prochaine excursion américaine sur Mars ! affirmait-il.

Il consommait des doses de protéines considérables et buvait du sérum extrait de sang de porc, animal plus proche de l'homme que le singe. Sur le plan génétique, ce n'était pas forcément une excellente référence.

La nuit, presque blanche, fut suivie par un dimanche radieux. Jean revint chez les religieuses assister, dans la chapelle du couvent, à la messe. Son Père restait silencieux. Sans doute voulait-Il que le Fils réussisse sur terre sans aide. Après le service religieux que Jean trouva froid et pointilleux, il eût aimé échanger quelques mots avec les membres de la communauté, mais les fidèles s'écartaient de lui à cause de son air suspect. Il se sentait encombrant.

Il retourna à l'hôtel et alla trouver le propriétaire qui habitait aussi au premier étage. Il entrait et sortait de chez lui à longueur de journée comme un personnage de pendule animée. Vivait-il ici pour mieux surveiller ses locataires ? Jean frappa à sa porte, l'homme ouvrit presque instantanément. Guettait-il de l'autre côté ? Jean lui tendit deux billets de cinq cents francs et un de deux cents :

— Je vous paye pour deux semaines. Je n'attends même pas lundi.

Le propriétaire jeta sur lui un regard peu amical et recompta les billets en mouillant ses doigts de salive.

— Ça va. Mais n'oubliez pas... Lundi, dans quinze jours, sinon...

Jean l'interrompit :

— Je paye d'avance et vous me menacez. L'homme doit être bon avec ses proches et aimable.

— Vous me faites gerber, dit l'autre, qui esquissa un mouvement étrange : son bras gauche plié se releva, le poing serré, tandis que sa main droite frappait le biceps du bras plié. Puis il referma la porte. Odile qui sortait justement de chez elle, assista à la scène. Jean la salua et demanda ce que le geste signifiait.

— Ça s'appelle un bras d'honneur, dit Odile.

— Quel rapport avec l'honneur ?

— Il faut demander à quelqu'un de plus instruit que moi, dit Odile, puis elle ajouta : Si vous n'avez pas d'autre projet, venez déjeuner.

En attendant, Jean fit un tour dehors, et s'arrêta, intéressé, devant un autre magasin de télévision, celui-ci situé sur le boulevard proche. Un seul écran géant était exposé au milieu. Jean y observait une fusillade. Les voitures flambaient, les hommes tombaient, le feu courait dans la rue suivant les trajets de l'essence déversée.

— Une guerre ? demanda-t-il à un badaud près de lui.

— Les catholiques et les protestants. Ils s'entre-tuent, dit le jeune homme.

Jean se sentit glacé :

— Pourquoi ?

— Parce que les protestants défilent devant les maisons des catholiques. Il y a un an, à la même occasion, c'était les catholiques qui défilaient, il y a eu plus de cent blessés. C'est par périodes. Chaque communauté affirme ainsi sa foi.

— Merci, dit Jean, ahuri.

Il fallait absolument demander une explication à son Père. Etait-il informé que des chrétiens se massacraient entre eux ? Il marcha encore, aida ici et là, transporta quelques poubelles et fit traverser une mère qui poussait devant elle une voiture d'enfant. Le bébé joufflu portait un masque sur le nez. Puis Jean entra à l'hôtel meublé.

Odile lui offrit un excellent ragoût de mouton, qu'elle avait préparé en le cuisant sur une plaque chauffante posée sur une console en bois blanc. Christophe bientôt quitta la table, laissant son assiette à moitié pleine, et se mit à jouer avec un jeu électronique. Sur l'écran de la télé, couraient des dinosaures. Jean ne connaissait pas ces bêtes.

— Quelle race ?

— Ce sont des animaux inventés par les Américains pour le cinéma. Il y en a eu des vrais aussi, paraît-il. Mais on raconte n'importe quoi !

Jean décida de s'adresser à Noé dès son retour. Avait-il embarqué ce genre de bêtes sur l'Arche ?

— Il en existe encore ? demanda-t-il à Odile.

— Au cinéma, répéta Odile. Ne m'en demandez pas plus.

Elle fuma une cigarette :

— Mauvais pour la santé, dit-elle, mais ce n'est rien à côté de ce qu'on respire dehors.

— C'est dimanche. Vous ne sortez pas avec votre fils ?

— Non, dit Odile. Je dois coudre. Ma vie, c'est coudre et écouter la radio.

Elle ajouta :

— Christophe connaît le nom de chacun de ces dinoroses — elle se corrigea — dinomachins...

— Dinosaures, dit le petit garçon. Ils existaient bien avant les hommes.

— Il est savant, Christophe, remarqua Jean. Je pourrais l'amener au parc.

— Au parc ? On ne sait plus ce qui pend sur les branches, des feuilles ou de la poussière agglomérée ! Aujourd'hui, il fait si beau qu'il est tout à fait déconseillé de sortir. Vous n'avez pas écouté la radio ?

— Je n'en ai pas.

— Pas de radio ? Mon pauvre ! J'ai un vieil appareil, il faut le secouer de temps en temps. Je vous le prête, si vous voulez.

— Merci, dit Jean. Vous ne partez pas à la campagne les fins de semaine ?

— Le week-end est pour les riches. Et puis nous devons agir avec précaution, parce que les grandes quantités d'oxygène créent des malaises. La mairie accorde une allocation aux asphyxiés permanents. En Normandie, on risque une irruption de boutons verts, signe d'une crise aiguë de chlorophyllite. Je vous en ai parlé. Vous avez oublié !

Jean insista pour emmener l'enfant dehors. Christophe rechigna un peu, il ne voulait pas quitter ses dinosaures. Odile le persuada de sortir. Il ne fallait pas froisser le sympathique voisin. Elle glissa un masque en tissu dans l'une des poches de l'enfant.

La rue était amicale, les gens souriaient — on le voyait quand ils enlevaient les mouchoirs qu'ils tenaient devant leur bouche et leur nez. Tout le monde n'avait pas un masque spécial.

— Si tu voulais aller au Bois de l'autre côté de Paris, je t'emmènerais. Ça t'intéresserait peut-être de voir des arbres ? proposa Jean.

Christophe fit une grimace :

— Les boutons verts ! Tu n'as pas compris ? Nous, on est des malades.

Il réfléchit :

— As-tu déjà vu, toi, un vrai oiseau dans un vrai nid ?

Jean se concentra. Il lui semblait bien avoir vu des nids et des oiseaux quelque part dans son passé, mais il ne situait pas l'endroit.

— Certainement.

— Moi, j'aimerais un...

L'enfant prononça un mot étrange.

— Un quoi ?

— C'est un poussin. On le voit grandir sur écran. Il faut prendre soin de lui.

— Prendre soin d'une image ?

L'enfant haussa les épaules :

— D'un poussin. J'aimerais bien en avoir un.

— Il faut aimer quelque chose de vivant.

— Il est vivant.

Jean éprouva une violente peur de l'humanité.

Dans la foule du dimanche, bientôt gêné pour respirer, Christophe dut attacher son masque, Jean toussait. A travers le tissu, l'enfant demanda à Jean s'il avait du travail.

— Pas un travail régulier, dit Jean, mais j'ai gagné hier deux semaines de loyer. Je chercherai demain d'autres occasions de me rendre utile. Dis, à l'école, tu as appris quelque chose sur Dieu ?

— Sur quel dieu ?

— Mais... Dieu.

— Il n'y en a qu'un ? demanda le petit garçon.

Puis il ajouta :

— Non. Pas à l'école et maman a trop de travail.

— Tu as déjà été à la messe ?

— C'est quoi ?

— Une sorte de cérémonie en l'honneur de Dieu.

— Si on ne connaît pas Dieu, on n'a pas besoin d'aller à la messe ?

— Vous n'avez pas de famille ? Tes grands-parents sauraient t'expliquer Dieu.

— Je n'ai même pas de père, dit Christophe.

Il continua :

— Quand je serai grand, je ferai le tour du monde. Pas tout de suite. Je ne laisserai pas maman seule.

— Tu es un bon fils, dit Jean.

— Pourquoi je suis un bon fils ?

— Tu ne veux pas quitter ta mère.

— On ne quitte pas une mère. On a une mère pour l'aimer. Elle est là pour vous aimer. Quand elle est morte, on fait ce qu'on veut, mais on est triste.

Il leva les yeux vers Jean :

— Tu te mouches ?

— Juste un souvenir de mère, dit Jean en réprimant son émotion. As-tu déjà vu l'intérieur d'une église ?

Christophe fut agacé :

— Il n'y a que ça qui t'intéresse ? Non ! Maman dit que la vraie église serait une nature propre. En Normandie. Si on ne démolit pas les bois avec des vélos qui vont partout. Comme les gens qui jettent des papiers et des canettes. Maman dit : « Ils salopent. »

— Saloper ?

— Un verbe, dit le petit. Ça se conjugue.

Impatient, l'enfant l'entraîna vers une foire, où ils virent des saltimbanques, des avaleurs de feu, des autos tamponneuses, la grande roue. Christophe voulut tout essayer. Jean ne lui refusait rien ; son argent fondait. Christophe voulut aussi un ballon, un très beau ballon, un ballon jaune. Sur le ballon jaune, était peint un visage de clown.

— Tu me l'achètes ?

— Je te l'achète.

Ils se promenèrent ainsi, le Fils de Dieu et le petit garçon qui tenait une ficelle au bout de laquelle se balançait la tête jaune du clown.

Ils rentrèrent tard, Odile commençait déjà à s'inquiéter. Christophe pointa son index sur Jean :

— Il serait un bon père. Tu ne voudrais pas le garder ?

Odile toucha ses joues :

— Ce gamin me fait rougir. Pardonnez-lui.

— Où vit son père ?

— J'en sais rien. Il s'est barré avant la naissance de Christophe. D'où l'abandon. Mais j'ai récupéré mon fils.

Elle embrassa Christophe et se tourna vers Jean :

— Vous n'êtes pas marié ?

— Non.

— Vous êtes homosexuel ?

— Non.

Elle conclut :

— Il y a de plus en plus d'hommes libres, seuls, et de femmes libres, seules. Savez-vous ce qui arrive ?

— Non, dit Jean.

— Ils passent leur vie, les solitaires, à chercher d'autres solitaires. Ils ne se rencontrent jamais. C'est d'un bête, n'est-ce pas ?

***

La pluie du lundi atténua légèrement la pollution. Les Français se retrouvèrent dehors sans autre raison que de respirer un peu. Les chômeurs, les SDF, les heureux qui avaient du travail, ceux qui végétaient, tous, allaient et venaient. Les métros, les taxis, les autobus transportaient une surcharge d'humanité en quête d'un but.

Jean, décidé à agir, entra dans un immeuble qui n'était pas préservé par un Interphone. Au premier étage, il frappa à la porte de droite. Un homme entrouvrit :

— C'est quoi ?

— Je voudrais juste vous parler.

— De quoi ?

— De Dieu.

L'homme referma la porte si violemment que le mur en trembla. Jean essaya un autre appartement. Une femme, la tête couverte de bigoudis, apparut :

— Vous vendez quoi ?

— J'aimerais parler de Dieu.

— Je n'achète rien.

Elle referma. Jean continua de monter, d'un étage à l'autre, on le rabrouait. Il lui restait une porte à essayer au cinquième. Il frappa timidement. Une voix éraillée répondit :

— C'est pour quoi ?

— Je voudrais vous dire un mot.

— Tant mieux.

Un petit monsieur, dans une chaise roulante, ouvrit la porte et fit aussitôt marche arrière pour que Jean puisse entrer.

— Venez donc, mon brave. Je n'ai vu âme qui vive depuis quatre jours, alors je laisserais entrer même le diable. Vous voulez quoi ?

— Juste vous parler, dit Jean. Mais si je peux vous aider sur le plan pratique, je le ferai de bon cœur.

— C'est sale ici, n'est-ce pas ? dit le monsieur.

Son logement était un capharnaüm de papiers, de journaux entassés, de livres en piles parfois ébranlées. Les volumes jonchaient le sol.

— Je pourrais ranger, dit Jean.

— Avec délicatesse ?

— Oui.

— C'est des livres, donc sacrés...

— Des livres sacrés ?

— En quelque sorte. Allez-y. D'ailleurs, savez-vous nettoyer ?

— Oui. Même très bien.

— Alors, si vous n'abîmez rien, d'accord ! Je vous payerai convenablement. Je ne suis pas riche, mais loin d'être avare. Ne me volez pas.

— Je ne suis pas un voleur, dit le Fils de Dieu.

Le vieillard fit un geste et poussa sa chaise roulante en direction de Jean.

— Je ne voulais pas vous froisser, mais l'époque est dure. On prend n'importe quoi, pour le plaisir de prendre. Petit profit. Même si on le jette ensuite.

Il toussa :

— Je n'ai pas cet engin depuis longtemps — il montra sa chaise roulante —, je ne sais pas encore bien le manipuler, je me cogne. Voyez-vous, la technicienne de sol m'a quitté il y a dix jours, c'est pourquoi tout est sale.

Derrière le ton ferme, désinvolte, du petit monsieur, se cachait un grand désarroi.

— C'est quoi, une technicienne de sol ? demanda Jean.

— Une femme de ménage.

— Ah bon ! Pourquoi cette expression ? C'est digne, une femme qui aide en faisant le ménage.

— C'est comme ça, dit le vieux. L'air du temps.

— Je serai volontiers votre technicien de sol, déclara Jean.

— Je vous payerai cinquante francs de l'heure. Il y a un débarras avec des balais et un aspirateur. Le sac doit être plein. Elle détestait changer le sac.

Il ajouta :

— Mais ce n'est pas pressé. Je vous payerai le temps de notre bavardage. Dites-moi ce que vous vouliez de moi quand vous avez sonné.

— Je vous le dirai. Après le travail.

Le vieillard ronchonna :

— Maintenant. J'ai besoin d'écouter. Le silence et la solitude me tuent. Même les prisonniers communiquent en frappant sur les murs. Je n'ai aucun interlocuteur.

Jean entrouvrit une fenêtre.

— Approchez, dit l'homme dans la chaise roulante. Vous êtes yougo ?

— Pas yougo.

— Serbe, quand même.

— Non.

— Vous venez d'où ?

— D'un pays chaud.

— Nord-Africain ? Sémite ?

— Mes origines remontent à la Palestine.

Le vieux hocha la tête :

— Quel orgueil de prétendre connaître son arbre généalogique jusqu'à la nuit des temps, n'est-ce pas ? Vous avez encore de la famille, là-bas ?

— Plus maintenant.

— La migration n'arrête pas ! Les peuples courent de lieu en lieu, ils se sentent soulagés de leur peur.

— Quelle peur ?

Le vieux baissa la voix :

— La peur de manquer ! Il y a eu les guerres de religion, puis toutes sortes de conquêtes. Maintenant, ils se déplacent pour manger. Pour se nourrir. Les riches craignent de tout perdre, les pauvres de ne plus rien gagner. La nuit du 31 décembre 1999 les fait trembler. Mais ils ne le disent pas ouvertement. Ils prennent leurs précautions en secret. Les angoissés, ce sont de futurs réfugiés.

— Où vont-ils ?

Constatant l'intérêt de son visiteur imprévu, le vieux s'exclama :

— Ça vous intéresse ? Alors asseyez-vous. Je ne peux pas lever la tête tout le temps pour vous parler, ça fait mal aux vertèbres cervicales. Prenez la chaise. Je m'appelle Gwen. Et vous ?

— Jean.

— Redoutez-vous aussi la nuit du 31 décembre 1999 ?

— Si quelqu'un ne la redoute pas, c'est bien moi.

Gwen chuchota :

— C'est que vous n'avez rien à perdre. Ni fric ni illusions. J'ai un neveu informaticien, on dit qu'il a du génie parce qu'il manipule bien ses appareils. Il est cloué devant son ordinateur, « scotché » — moche, le mot, n'est-ce pas ? Il a pu entrer dans les secrets informatiques de quelques célèbres chaînes d'hôtels. Pour la nuit du 31 décembre 1999, tout est loué, partout. Les chambres — aux endroits les plus insolites — sont déjà réservées, payées à l'avance.

Il se pencha :

— Ils disent qu'ils veulent s'amuser, c'est faux. Ils veulent tromper leur destin.

Jean voulait comprendre :

— Mais pour quelle raison des hôtels et des lieux lointains ? La nuit, même si elle est décalée d'un continent à l'autre, est universelle.

Gwen ricana :

— Les riches croient que, s'ils changent de place, la mort frappera à côté. Certains courent vers la terre qu'ils appellent « sainte » pour des raisons qui les regardent, d'autres vers les parcs d'attractions. On choisit de fêter l'aube du troisième millénaire avec Astérix le Gaulois, Mickey, Blanche-Neige ou Moïse. Une société privée vend en exclusivité des places sur les avions supersoniques qui projettent dans le temps, en avant ou en arrière, d'une nuit à l'autre, d'un matin à l'autre, ses clients.

Gwen continua :

— On propose même des places dans certains satellites, jusqu'ici commerciaux ou militaires, pour approcher — en théorie — le spectacle éventuel qu'offrira la planète Mars.

Jean se détendit soudain :

— C'est une planète très m'as-tu-vu, monsieur. En dehors de quelques volcans éteints, il n'y a rien. Les mers qui s'y trouvaient jadis ont été absorbées par le sol rouge. Les Martiens ont tellement pollué et surexploité leur territoire qu'ils en ont fait une planète morte.

Gwen le regarda attentivement.

— Vous parlez « vulgarisé ». Vous avez beaucoup lu ?

Jean se fit modeste :

— En effet. J'ai appris certaines choses des livres.

Le petit vieux leva les bras :

— Voilà ! Vous êtes de ces amateurs qui s'emparent d'un sujet, l'étudient et n'arrêtent plus d'en parler ensuite. Selon mon neveu et ce qu'on peut lire dans la presse, les Américains voudraient envoyer vers 2010 des astronautes sur Mars. Mars se défend de cette future conquête en dégageant des gaz.

— Mars est un attrape-nigaud, dit Jean Lemessie, heureux de son vocabulaire récemment acquis.

Gwen gesticulait :

— Vous avez de la repartie, Jean, vous donnez envie de communiquer. Mais soyons raisonnables, maintenant il faut nettoyer. Allez-y, mon brave.

Le dos bien droit dans sa chaise roulante, Gwen observait Jean, qu'il suivait pas à pas d'une pièce à l'autre.

— Hé !

Jean s'arrêta.

— Avez-vous entendu parler de l'Apocalypse ?

— Par ouï-dire.

Le vieux se pencha comme pour se lever, mais il retomba sur sa chaise :

— L'Apocalypse, la vraie, c'est la radioactivité qui s'échappe des épaves que sont devenues la plupart des centrales nucléaires à l'Est. Qu'on laisse encore fonctionner. L'Occident ferme les yeux. Pour ne pas payer. L'humanité va mourir d'irradiation.

Jean cria — pour se faire entendre par-dessus le bruit de l'aspirateur :

— Une manière comme une autre de mourir. Pourtant, Dieu...

Le vieux fit signe d'arrêter l'aspirateur.

— Ne m'en parlez pas, de Dieu. Après s'être mêlé de tout, maintenant il s'abstient. Que voulez-vous qu'il fasse ? Je me suis cru philosophe, mais mes théories sur la fraternité des peuples se sont écroulées. Le capitalisme a déboulonné les idéaux. Ceux qui souffraient ont d'abord cherché Dieu, ensuite, l'idée de Dieu. Maintenant, plus rien. On tue le spirituel par le matériel. Avec de l'argent.

Bon. Assez de parlote. Descendez à l'épicerie d'à côté m'acheter du raisin et des bouteilles d'eau. Je crève d'envie de raisin. Si vous n'étiez pas venu...

— Et votre neveu ? demanda Jean.

— Il m'offrirait des raisins virtuels, sur écran. Que ferions-nous à Paris sans les petites boutiques des Marocains ? Toujours ouverts, toujours aimables, ils sauvent Paris de l'indifférence.

Jean suivait son idée.

— Monsieur, vous pensez quoi de Dieu ? Vous, personnellement ?

— Il est surexploité ! L'Eglise catholique répète depuis des siècles des phrases clefs, des boucliers moraux datant de l'époque du Christ.

— Lesquelles ? demanda Jean, interloqué.

Les paroles du Christ... ses propres paroles !

— Vous devez connaître par cœur ces phrases anesthésiantes. L'humble, le dernier, le méprisé, le rejeté sera, dans un autre monde, le premier. Allez donc vérifier cette promesse ! Aucun marxisme, aucun léninisme, aucun guévarisme n'a osé inventer une théorie aussi rusée, aussi vicieuse, pour paralyser les envies de révolution ou de contre-révolution.

Jean protesta :

— Votre interprétation est profondément injuste. Le fond de cette pensée est la recherche d'un équilibre entre la justice et l'injustice. Je suis persuadé que les malheureux d'aujourd'hui trouvent une consolation...

— ... au paradis, bien sûr, dit le vieux. Vous me racontez ça à moi, cloué dans une chaise roulante ? Je suis subjectif et immobilisé. Vous, condescendant et valide. Le dialogue n'est pas équitable. Je suis un philosophe amateur et furieux.

— Philosophe, est-ce un métier ? demanda Jean.

— Pour des personnes habiles... Quand on affirme détenir la vérité sans en avoir la moindre certitude, lorsqu'on accuse d'office l'humanité d'injustice et de bêtise, quand on se perd dans des phrases sans fin, c'est ce que j'appelle de la philosophie de commerce. Rien à voir avec Socrate ou Platon.

— Si quelqu'un arrivait vers vous en affirmant qu'il est le Fils de Dieu, vous diriez quoi ?

Le vieux rit :

— Je lui conseillerais de la boucler. Dieu a une ardoise chargée, depuis la nuit des temps. Plus récemment, si vous voulez, le Rwanda, Sarajevo, et tout ce qu'on ne sait pas... C'est trop.

— Croyez-vous à l'enfer ? demanda Jean.

— Ah oui ! dit l'homme. Au mien. Seul dans une chaise roulante, au cinquième étage sans ascenseur. J'ai besoin de deux types pour qu'on me descende d'ici. Il y a des bénévoles, heureusement. Des Tamouls, des Noirs et des Français, humbles parce qu'ils n'ont rien. Vous ne pouvez pas imaginer la bonté de ceux qui n'ont rien. C'est extraordinaire, le rien. Le rien rend riche. Un SDF mendie pour donner à manger d'abord à son chien. C'est ça, l'affection.

Il suffoquait.

— J'appelle un médecin ? dit Jean.

— Pas besoin. Ce qui me préoccupe, c'est l'idée de crever seul. Qu'on me trouve dans ma chaise roulante, mort. Le film de Hitchcock, vous en souvenez-vous ? La vieille peau dans une chaise à bascule au sous-sol. Un squelette. La tête de mort en gros plan.

— Pas vu.

— Quel âge avez-vous ?

— Trente-trois ans.

— C'est jeune ! Allez chercher mon raisin.

Jean descendit à la plus proche épicerie où planait l'odeur sucrée et âcre des souks. Un jeune Marocain le servit et, quand Jean dit que les fruits étaient pour le monsieur paralysé, le Marocain ajouta quelques figues fraîches.

— Cadeau.

De retour au cinquième, Jean lava le raisin et le prépara sur un plateau. Gwen somnolait, Jean le réveilla.

— Merci, dit-il. Merci.

Il mangea goulûment quelques grains. Jean aperçut les images pointillées sur l'écran de télévision.

— Si vous pouviez m'arranger le câble, dit Gwen en guise de réponse.

Jean ajusta les fils derrière l'appareil, l'image se rétablit.

— Je la laisse allumée même sans le son, l'image me tient compagnie, expliqua-t-il.

— Encore un peu de raisin ? proposa Jean.

— Vous avez de la famille, vous ? demanda Gwen en guise de réponse.

— Je vois parfois mon Père.

— Et votre mère ?

— Elle n'est pas de ce monde.

— Et vous — Jean, n'est-ce pas ? —, vous n'avez pas peur ?

— De quoi ?

— De la fin du monde.

— Rien ne prouve qu'elle aura lieu le 31 décembre 1999. Ce sont les Esséniens, à Qumrân, qui craignaient le changement de millénaire, et saint Jean a repris la rumeur. Evidemment, Dieu pourrait se fâcher...

Le vieux l'interrompit :

— Ah non ! S'il existe, il a des comptes à rendre ! Avec le pouvoir qu'on lui prête, il n'a pas à se fâcher, lui !

— Monsieur...

— Gwen.

— Gwen, j'ai juste fait allusion à l'inutilité de la peur.

Le vieux s'enflamma :

— La peur est un immense crapaud, elle gonfle, elle gonfle, elle gonfle, et puis elle explose. Elle n'a qu'un intérêt, incontestable : elle donne l'avantage — rarement, mais ça arrive — au spirituel sur le matériel. Les peuples craignent les prédictions. Les voyants, les chefs des communautés diverses, les démarcheurs de la foi font un fric fou. Les judéo-chrétiens ne songent même pas au calendrier des autres peuples. Le Nouvel An chinois, vous en faites quoi ? Eux, ils entreront plus tard dans le troisième millénaire. Un milliard deux cents millions de Chinois en attente. Les Occidentaux louent les chambres à Pékin, à Shanghai... pour échapper au Nouvel An d'ici. Pendant ce temps-là, on oublie les centrales nucléaires. Quels idiots !

— Vous avez une triste opinion de l'humanité, dit Jean.

— Je sais beaucoup trop de choses. Mon neveu se promène sur l'Internet. Un informaticien adroit détient plus de documents et de renseignements sur le monde que prétendrait en posséder une science divine. Et si vous me donniez un peu d'eau, jeune homme ?

Jean le servit, l'homme but et continua :

— Il y a autour de vous une sorte d'émanation fascinante, des lueurs dans vos yeux... Vous êtes pour moi, dans la détresse de ma solitude, une apparition surréaliste. Je trouve ça merveilleux.

— Quoi ? dit Jean.

— L'interprétation que je fais de vous ! Preuve que mon imagination n'est pas morte.

Il se reprit :

— C'est toujours dans les moments d'émotion qu'on entend des phrases qui déçoivent. Partez vite avant de m'agacer. Tenez.

Il lui tendit trois cents francs et le renvoya d'un geste sec. Jean, chargé d'idées de bonheur, de malheur, de connaissances vraies et présumées, perdu dans ses réflexions, descendait lentement l'escalier.

Si un seul petit monsieur, vieux et cloué à une chaise roulante, pouvait exprimer autant de suppositions et de faits, autant d'arguments crédibles et discutables, s'il pouvait répondre comme une encyclopédie vivante, alors la richesse que contenaient les grandes bibliothèques, la masse immense des livres écrits et publiés depuis les enlumineurs jusqu'à aujourd'hui, devait dépasser les possibilités d'absorption intellectuelle. Mais dans tout ce que l'humanité avait pu produire comme écrits, comme pensées, depuis deux mille ans, il n'y avait aucune preuve irréfutable de l'existence de Dieu. Ses paroles étaient interprétées et réinterprétées sans cesse. Labyrinthe à explorer, démarche jamais finie. Chaque être humain revendiquait sa conception mystique.

Il murmura des mots en hébreu : « Au commencement, Dieu créa le ciel et la terre. Or la terre était vague et vide, les ténèbres couvraient l'abîme, l'esprit de Dieu planait sur les eaux. Dieu dit : "Que la lumière soit" et la lumière fut. Dieu vit que la lumière était bonne, et Dieu sépara la lumière et les ténèbres. »

« Il n'a jamais empêché l'homme de tout bâtir et de tout démolir, pensa Jean avec une certaine satisfaction. Tout ce que l'homme fait est la preuve de sa liberté totale. »

***

Comment se frayer un passage dans cette broussaille de connaissances, de méconnaissances et de présumées connaissances ? Comment ne pas se sentir écrasé sous les papiers, sous les thèses, sous les théories, sous les inventions et surtout les interprétations ? Jean reconnut son impuissance. S'il persistait à affirmer qu'il était le Fils de Dieu — Dieu caché quelque part dans la nébuleuse des faits et des croyances —, il risquait l'hôpital psychiatrique. Lui, le seul témoin authentique de l'existence de Dieu, il était donc condamné au silence.

En route vers sa tanière, il longeait la rue proche de l'église. Sur la petite place aux arbustes maigrelets, un groupe s'agitait, des cinéastes qu'on aurait pu prendre pour des nomades y avaient installé deux caravanes et des projecteurs. Jean aperçut un écriteau affiché sur un panneau de contre-plaqué : « On demande figurants entre vingt-cinq et trente-cinq ans, genre hippies. Se présenter à la scripte numéro deux ». Il y avait une courte file d'attente.

— C'est pour quoi ? demanda-t-il à un jeune homme qui venait d'être éliminé.

— Ils ne veulent pas de moi. Je n'ai pas l'air assez hippie des années soixante-dix.

Il regarda Jean d'un œil envieux :

— Vous, vous pourriez leur plaire. Tentez votre chance.

Jean rejoignit la file des candidats. Sa position de dernier l'encourageait : ne serait-il pas à coup sûr le premier ? Les hommes et les femmes avaient tous une allure plus moderne que lui. Une jeune femme — un grand cahier sur les genoux — les interrogeait et les renvoyait ou les faisait attendre plus loin. Lorsque Jean arriva devant elle, la scripte notait quelque chose sur le cahier.

— Une seconde, dit-elle, puis elle leva la tête et dévisagea Jean.

Les yeux écarquillés, elle le fixa, se mordit la lèvre inférieure et prononça :

— Ça alors ! D'où sortez-vous ?

— Vous cherchez des figurants.

— Je me pince, je me mords..., dit-elle.

Puis elle appela :

— Eddy, Eddy...

Elle fit signe à Jean :

— Surtout ne bougez pas.

Au cinquième appel, un petit gros se précipita vers elle :

— Qu'est-ce qui t'arrive ? On t'égorge ?

— Regarde-le, dit la fille, qui désigna Jean.

Eddy l'examina et fit une grimace qui plia son visage en accordéon.

— Où tu l'as pêché, celui-là ? demanda-t-il à la scripte.

— Il est venu ici tout seul, sans hameçon.

Elle s'adressa à Jean :

— Je suis fascinée. Je voudrais être sûre que je ne rêve pas. Vous serez sans doute plus qu'un figurant. On est dans la merde et vous nous tombez du ciel.

Quelle grossièreté de langage ! Jean s'irrita : c'était son affaire, le trajet céleste.

— Vous êtes notre personnage, déclara la fille d'une voix aiguë.

— Pas la peine de crier, observa Jean, qui avait envie de partir.

— Vous comprenez bien le français ?

— Evidemment.

— Ce n'est pas si évident que ça. Vous avez un accent. Il nous arrange, cet accent. Vous êtes de quelle nationalité ?

— Qu'importe.

— Quelle est votre langue maternelle ?

— Un dérivé de l'hébreu. Je parle aussi l'araméen.

La fille s'exclama :

— Mais c'est ça, vous êtes arménien.

— Non. Je parle araméen.

La fille insista.

— Vous n'êtes pas, par hasard, un Américain de passage à Paris ?

— Non. Pourquoi ?

— Vous sortez tout craché des années soixante-dix. De la grande marche des Flower People vers la Maison Blanche. Vous en avez entendu parler ? Historique.

— Non, dit Jean, non.

— Vous comprenez « Flower People » ?

— Non.

— Le peuple des Fleurs. Et la guerre du Vietnam, hein ? Ça ne vous dit rien ?

— Vous parlez de choses qui ne me concernent pas. Vous m'engagez ou non ?

La fille et Eddy échangèrent quelques mots à mi-voix. Eddy se tourna vers Jean :

— Vous avez réponse à tout, remarqua le régisseur. Seriez-vous syndiqué ? Et votre accent ! Indéfinissable. Pas maghrébin. Vous êtes d'où ?

— De loin. Ça n'a pas d'intérêt, d'où je viens. Je suis là.

— On est contrôlés, dit l'homme.

— J'ai un papier d'identité, dit Jean, mais finalement, ici, tout me déplaît. Je préfère m'en aller.

L'homme l'attrapa par le bras :

— Certainement pas. Vous remplacerez notre vedette.

— Pourquoi ?

— Il a fait des bêtises. Depuis ce matin, nous sommes en panne. Chaque minute perdue est de l'argent gaspillé.

— Et si je ne m'étais pas présenté ?

— Le problème ne se pose pas. Vous êtes là...

— Je ne suis pas acteur.

— Ne vous en faites pas. De nos jours, plus besoin d'être acteur. Vous avez la tête de l'emploi. On va retourner avec vous les plans qui sont déjà en boîte.

— Qu'est-ce que je devrai faire et combien vous payez ? demanda Jean.

— Ça se discute. Votre prix ?

Un jeune homme aux cheveux bien lisses, à lunettes sans monture et la main chargée de bagues s'approcha de la scripte numéro deux et lui susurra à l'oreille. La jeune fille leva la tête vers Jean :

— La personne que vous remplacerez est là-bas, dans la roulotte. Malade.

Elle montra la première caravane, rutilante.

— Un jeune acteur chanteur, continua-t-elle. Plein de promesses. Mais il a avalé des saloperies cette nuit.

— Et moi là-dedans ? demanda Jean.

Eddy intervint :

— Il faut juste paraître. Tel que vous êtes ! N'ayez pas le trac. N'importe quel semi-analphabète tiendrait le coup.

La fille était excitée par le choc de la découverte :

— Vos cheveux longs, il ne faut surtout pas les laver ce soir.

Elle avait elle-même des cheveux couleur platine.

— Voulez-vous un Coke ?

— Un quoi ? dit-il.

— Un Coca.

— Mais oui, dit Jean qui se trouva bientôt avec une canette en main. Alors, vous payez combien ?

— Nous allons tout vous dire. Attendez un peu, s'il vous plaît.

Le petit square était animé. Debout près d'un bosquet, Jean observait l'étrange population de la production. Les figurants habillés en hippies portaient des couronnes de fleurs. Au milieu de la place se dressait un hangar en tôle ondulée, plein de tas de foin. Les éclairagistes installaient des projecteurs. Un accessoiriste plaça un berceau entre deux meules de paille. Jean se tourna vers le script numéro trois, le jeune homme affairé :

— Qu'est-ce qui se passe ici exactement ?

Le jeune homme était jovial :

— Selon le scénario, un hippie des années soixante-dix se prend pour Jésus de retour sur terre. Film intello-religieux. En fait, opération casse-gueule sans fille canon, sans top model pour jouer Marie-Madeleine. Le style est respectueux et lyrique. C'est une allégorie plutôt bon enfant. Le producteur mise sur le retour de la spiritualité. Vous avez la tête de l'emploi. Vous êtes mieux que notre Christ d'origine. Salement coincé, lui. Il a bouffé une overdose d'excitants. Votre arrivée est un miracle.

La scripte numéro deux, la blonde platinée aux lèvres peintes couleur vampire, revint accompagnée du metteur en scène. Celui-ci salua Jean, l'observa, les yeux plissés et à travers un cadrage qu'il forma avec ses deux mains :

— Parfait. Je m'appelle Antonio Ba. Vous avez dû entendre parler de la manière Ba, du style Ba ?

— Je connais peu le cinéma, répondit Jean modestement. Je passais juste et j'ai besoin d'argent. Je ne sais toujours pas ce que je gagnerai.

Ba sourit :

— Notre production a un petit budget. Elle est financée par une chaîne de télévision. Mais pour vous, nous allons faire des efforts. Si jamais nous passons sur le grand écran, vous aurez un pourcentage. En attendant, le Smic.

— Ce n'est pas un Smic que je voudrais, dit Jean, mais six cents francs assurés. Et un peu d'argent en plus pour la nourriture.

Le metteur en scène hocha la tête :

— Le Smic est à peu près à six mille francs par mois. Nous vous payerons tout un mois et vous ne travaillerez que dix jours. Nous avons les charges en plus. Il faut vous déclarer.

— A qui ? demanda Jean.

Antonio Ba se tourna vers la scripte platine :

— Voyez avec lui. Je n'ai pas le temps.

Jean l'attrapa par le bras :

— Je voudrais être payé en vieux francs. Il y en a plus.

— C'est un rigolo, dit la fille platine. Un rigolo grave. S'il est pareil à l'écran, c'est de l'or en barre. Il faudrait le laisser improviser, il dit des choses marrantes.

Elle cria :

— Adèle ! Adèle ! La couronne de fleurs, vite !

Sortie de la deuxième caravane, l'habilleuse-maquilleuse vint les rejoindre. Elle contempla Jean :

— Il faut l'arranger un peu. Il a un de ces pifs ! J'espère que le fond de teint l'atténuera, sinon c'est Babar.

Le metteur en scène hocha la tête :

— Arrête de dire des bêtises. Babar date du siècle dernier.

Jean fut conduit dans la première caravane, où on l'habilla. Il se retrouva avec une couronne de fleurs, une chemise blanche à col Mao, un pantalon en jean effiloché. Adèle passa sur son visage une éponge humide de fond de teint un peu jaunâtre. Il se regarda dans le miroir : quelques petites branches qui dépassaient à la naissance des cheveux lui rappelèrent les épines de jadis. Il lutta contre ce souvenir atroce. Le passé devait rester le passé. Lui, il avait une nouvelle mission sur cette terre.

On lui désigna dehors une place où il dut s'asseoir près d'un sac à dos rembourré de papier. A côté de lui, attendait une fille, elle aussi avec couronne de fleurs et chemise blanche à col Mao. La scripte expliqua :

— Tu ne sais pas qu'il est le Christ. Toute l'astuce est là. Le suspense. Tu essayes de l'exciter, il te repousse.

— Je dis quoi ? demanda la fille.

— Tu regardes. Langoureuse.

— Comment ?

— T'es sourde ? Langoureuse. Tu t'approches, tu voudrais le toucher.

— Je dis rien ?

— Tu le suis et tu l'admires. Tu es béate.

— Quoi ?

— Béate, idiote ! Tout est dans le regard.

Jean demanda :

— On est où dans votre histoire ?

— En route vers la Palestine. A la veille de l'an 2000, on cherche partout des signes. Quand il n'y en a pas, on les crée. Les anciens mouvements renaissent, par exemple le pèlerinage des anciens hippies vers la Terre sainte. Enfin, pour ceux qui l'appellent ainsi.

Un adolescent monté sur des rollers vint buter contre la fille platine :

— Dernières nouvelles ! L'autre Christ est out pour quelques jours. Il claque des dents, il est malade comme un chien.

La blonde platine regarda Jean :

— Ça s'arrange pour vous. De mieux en mieux.

— Et si je n'étais pas passé par là ?

— Le cinéma vit du hasard et des effets surnaturels. La preuve ! Venez.

Ils se dirigèrent vers le hangar aux tas de foin.

— C'est Bethléem, dit la scripte. Vous êtes de retour et vous revoyez le lieu de votre naissance. Vous évoquerez vos souvenirs.

— Les trois tas de foin ?

— On n'a pas pu avoir des vaches. On essayera de les introduire au montage. Deux vaches virtuelles. L'important, c'est les Rois mages.

Elle appela avec le porte-voix :

— Les Rois mages, les Rois mages, s'il vous plaît.

Elle consulta ses notes :

— Balthazar, Melchior et... Gabriel.

— Non, dit Jean. Gaspard.

— Vous en êtes sûr ?

— Ça, oui.

Arrivèrent un Africain noir, un Arabe et un Asiatique. Ils avaient leur place sur la pellicule, dans cette histoire deux fois millénaire. Les trois personnages se placèrent debout derrière les trois tas de foin. Devant eux se trouvait le berceau vide. La scripte numéro deux dit à Jean :

— Lorsque vous entendez « moteur », vous vous approchez du berceau, vous vous penchez et vous dites : « Bonjour, mon passé, mon enfance. » Vous vous relevez et vous prononcez avec émotion... Vous comprenez, « émotion » ?

— Oui.

— Vous dites : « Où est ma mère ? »

Le metteur en scène parut ; il portait une casquette à visière et tenait un porte-voix de taille modeste.

— Essayons, dit-il d'un air désespéré. Ça me détraque, ces changements. Mon ego créateur agonise. Et ce qu'on a tourné déjà avec l'autre, qu'est-ce qu'on en fait ?

Chuchotements.

— Vous pouvez tricher au montage ? Bon, allons-y.

La scripte répéta à Jean son texte puis on le conduisit à l'intérieur d'un cercle de craie.

— Quand vous entendez « moteur », c'est l'action.

Jean crut voir, imprimé sur les nuages, le visage du Père, ce visage soucieux, ce visage aimant. « Saisis l'occasion, mon Fils. »

— Hé ! Tu te concentres ? Moteur !

Jean tendit les mains en direction des Rois mages :

— Merci d'être venus.

Puis il écarta les bras en forme de croix. Sa chemise éclatait de blancheur, les fleurs s'épanouissaient autour de son front, ses yeux s'élargissaient. Le metteur en scène marmonna quelque chose. L'image qu'il voyait dans le viseur de la caméra était d'une beauté serre-cœur. Le Fils de Dieu se pencha sur le berceau :

— J'ai eu une belle enfance.

Il prit dans ses bras l'enfant imaginaire. Gros plan sur son visage maquillé où apparurent des larmes. Le metteur en scène, ébahi, vit que ce type pouvait pleurer en faisant semblant de tenir un enfant.

C'était une scène qu'un cinéaste, au rabais ou au sommet d'une carrière, ne tourne qu'une seule fois dans sa vie... s'il a de la chance. En cet après-midi de printemps ensoleillé et étouffant de pollution sournoise, un miracle se produisait dans un square parisien. L'oxyde de carbone et la magie occupaient l'atmosphère. Un technicien demanda :

— D'où sort ce type ?

Jean fit semblant de remettre l'enfant sur sa couche :

— Mon Père, aide-moi à sauver les enfants.

— Coupez ! croassa le metteur en scène.

L'émotion lui sciait la voix. Il y eut un grand silence. Jean resta près du berceau, ne sachant plus où il se trouvait. Son esprit était chargé d'images tumultueuses, ballotté au milieu d'actes connus et inconnus, emporté en plongée dans les profondeurs. Il se reprit lentement. La maquilleuse vint tapoter son visage luisant avec une éponge. Le metteur en scène s'adressa aux scripts :

— Ce mec, il ne faut pas le lâcher. Amenez la mère. On tourne tout de suite la scène avec la mère. Le hippie des années soixante-dix retrouve sa mère... On passe de Jésus à l'enfant prodigue. Pour contenter tout le monde, éviter les procès et les blâmes ecclésiastiques, il faut accentuer la confusion, les superpositions des idées. Est-il le Fils de Dieu ou bien un hippie sur le retour ? Le texte, s'il vous plaît. Vous n'avez plus de texte ? Celui qui m'a fabriqué le dialogue, où est-il ? Il n'a pas écrit hier le texte de la mère ? Je vais le virer, ce con ! Oui, je vais le dicter, moi, ce qu'ils doivent dire. Juste l'idée. Pas plus. Je suis inspiré, moi. Sortez la mère de la caravane.

La scripte numéro deux courut vers Jean avec un autre Coca :

— Tenez, buvez et asseyez-vous là.

L'ado en rollers apporta un parasol. Assis dessous, son verre à la main, sur une chaise inconfortable, Jean était le point de mire de l'équipe. Une fille s'approcha :

— Je reste avec toi ce soir, si tu veux.

— Non, merci, dit Jean. Est-ce que je dois dire quelque chose encore ?

Le metteur en scène le rejoignit :

— On dirait que ce truc te colle à la peau. Ça n'était pas prévu. Est-ce que tu vas nous improviser une autre belle scène ?

— Je peux essayer.

— Que je t'explique... Tu ne connais même pas l'histoire...

— Je me crois le Fils de Dieu déguisé en hippie.

— Reste flou. Fantasmes religieux ou nostalgie du passé ? L'univers d'Antonio Ba. En demi-teinte, aucune couleur ne domine. Le héros, dégrisé après la scène de la crèche, comprend qu'il n'est qu'un hippie qui a trahi sa mère. Ça lui fait mal au ventre, mal à l'estomac, mal aux tripes, il a peur de l'enfer, c'est humain. Folklorique. Tu vois ça d'ici ? Jouer sa panique, il faut le faire. Evidemment, la mère pardonne. Le public va être content. Tous les salauds seront absous.

Maigre satisfaction pour les mères. Mais elles se contentent de si peu.

Jean demanda :

— La couronne de fleurs, j'en ai assez.

— Garde-la encore. Après la première prise...

Il se parla à lui-même :

— Peut-être que tu n'es bon que pour les premières prises. Tu n'es pas un pro usé jusqu'à la corde. Faisons-la avec la couronne. C'est pathé.

— Pathé ?

— Pathétique. Dans cette production, il n'y a ni sexe, ni fille canon, ni argent, ni langage cru. La religion, je l'élargis pour plaire au plus grand nombre de spectateurs. Reste comme base le pathétique ! Emotion pour tout le monde.

Il cria :

— M'avez-vous trouvé la mère ?

— Elle est au maquillage.

— Je la veux en vêtements noirs. Contraste avec le soleil, les fleurs et la chemise blanche. En noir, je le répète.

Jean intervint :

— Qu'est-ce que je devrai dire ?

— Tu as une mère, toi ?

— Oui.

— Tu l'aimes ?

— Oui.

— Tu la vois souvent ?

— Non.

— Alors, imagine que tu aurais eu une mère que tu n'aurais pas aimée...

Jean répondit :

— Je ne peux pas imaginer ne pas aimer ma mère.

— Si. Tu es un ex-dénaturé. Tu n'as pas aimé ta mère. Tu la retrouves vieille. Tu en es malade de l'avoir négligée si longtemps et tu voudrais la consoler. Juste pour te sauver de l'enfer. Tu es le fils prodigue...

Jean sourit :

— Il manque le plat de lentilles... Une casserole de lentilles.

— De quoi il parle ? demanda le metteur en scène à la scripte numéro trois.

— Il plaisante à froid. C'est de l'humour micro-ondes.

— D'origine anglaise ? demanda Antonio Ba.

— L'autre langue qu'il dit connaître est l'hébreu, expliqua la fille platine. Ça doit être une plaisanterie aussi. A réchauffer.

Jean attendait, patient :

— Je vais donc retrouver ma mère...

— Et tu improvises ! On fait naturel. Pas de dégâts pour le metteur en scène en cas d'échec. Le ciné-télé rapide. Six minutes par jour en boîte. Juste la ligne directrice aux acteurs. On a dépassé le rythme de fabrication des soap operas... malgré les décors extérieurs. C'est tout dire.

— Soap operas ?

Ba cria :

— Une autre fois, la ciné-culture. Tu retrouves ta vieille mère, toi, torturé de remords. Tu n'as pas beaucoup de temps devant toi...

Jean l'interrompit :

— Parce qu'elle va mourir ?

— Non, parce que la scène doit être courte ! A la télé, il faut le rythme, sinon le public zappe.

— Zapper ?

Le metteur en scène se retourna vers la fille platine :

— Il se paye ma tête. Il se la paye largement.

— Je crois qu'il ne sait vraiment pas ce que c'est : zapper.

— Mais vous me l'avez sorti d'où ?

— En êtes-vous content ou non ?

— E-mer-veil-lé. Et emmerdé, s'il ne sait rien.

— Restez « é-mer-veil-lé ». Je vous le conseille.

— On a la mère, cria un assistant. On l'envoie à l'étable ?

— OK.

— Qu'est-ce qu'on fait avec les Rois mages ?

— En attente, à côté. Jusqu'aux rushes.

Jean, le nez repoudré, la couronne de fleurs ajustée, le collier hippie, signe de paix, autour du cou, se retrouva en face d'une vieille dame vêtue de noir, chemisier boutonné et jupe. Des chaussures noires. Prolétaire, paysanne, petite bourgeoise déchue, qu'importe, une femme et ses grands yeux noirs. Les yeux qui dévorent le visage. Des cernes jusqu'à mi-joue.

— Comment elle s'appelle ? demanda Jean à la scripte.

— Son nom ne représente plus rien. Elle ne vaut pas un clou. Elle est contente de travailler pour quelques sous. Il paraît qu'elle est malade. Mais normalement elle tiendra jusqu'à la fin de notre production.

— Je dis quoi ? A peu près ?

— Essaie d'être convaincant. Te faire pardonner vingt ans de trahison. La scène roulera toute seule si tu as un peu d'imagination.

D'un petit geste Jean salua la dame, qui répondit d'un signe de la main. Elle semblait timide et sévère à la fois ; la lumière des projecteurs, de face, semblait la gêner. Le metteur en scène reprit :

— Es-tu en situation ? Torturé de remords ? Tu ne trouves plus les mots exacts... Déchiré, tu luttes...

— Je n'ai même pas eu de mots inexacts, remarqua Jean.

— Quand je dis « exact », je veux dire fidèle aux notions établies. Aux clichés. Tu vois ta mère qui va mourir bientôt. Le temps manqué est à rattraper. Vas-y.

On venait de le détacher de la croix, à moitié étendu dans les bras de sa mère. Il entendit : « Moteur. » Jean s'approcha de la femme qui leva les yeux sur lui. Ses yeux noirs étaient emplis de larmes. Par un double mouvement, l'homme d'un mètre quatre-vingt-deux se pencha vers la petite femme vêtue de noir, qui se redressa vers lui.

Il la prit dans ses bras, la serra sur son cœur. Il était si grand, elle si petite, que courbé en deux il touchait à peine les cheveux de cette femme dont le visage était sur son cœur, près du collier hippie, signe de paix rond, jovial. Il serrait contre lui cette inconnue, qui devenait sa mère. Il restituait l'étreinte de Marie tenant son fils descendu de la croix. Il rendait toute la tendresse, toute l'affection et toute la douleur du monde dans ce geste.

— Tu m'as manqué, dit-il. Tu m'as manqué.

Elle répondit, la bouche contre la chemise blanche :

— Tu m'as brûlé le cœur. Il n'y a plus que cendres.

— Pourras-tu me pardonner ?

La réponse fusa :

— Tu m'as imposé la douleur. Tu voulais que je souffre.

— Je suis né mauvais, dit-il.

Quelque part, dans les hauteurs de l'infini, Dieu hocha la tête : « De quoi il se mêle ? »

— Erreur de jeunesse, dit Jean, improvisant le texte. Je te demande pardon.

— Erreur de vieillesse, dit l'actrice, mais pas de pardon. Ce serait trop facile : tout éponger en un seul coup !

Elle resta immobile, comme une marionnette dont on aurait coupé les ficelles. Les scripts, le metteur en scène, les figurants, les badauds et tous les techniciens suffoquaient. L'humanité expirait. Antonio Ba ramena dans un immense zoom le visage de la femme aux yeux fermés et celui de son fils, Jean, penché sur elle, puis demanda une chaise, s'assit, s'essuya le front :

— Sans le pardon qu'exige la morale chrétienne, on va se casser la gueule.

Jean, mal à l'aise mais impressionnant dans son rôle de repenti rejeté, et la mère, intraitable et digne, avaient donné une scène parfaite. Le scénariste, prévenu, commença par se mettre en colère. Le producteur lui demanda d'imaginer une scène supplémentaire, un pardon différé. Le public du *prime time* ne supporterait pas l'absence de pardon. Ça leur couperait l'appétit.

— J'ai réfléchi, dit l'auteur, le lendemain matin. On a une solution. Œil pour œil, dent pour dent, c'est biblique. Le système du pardon est une solution de facilité. Ce dénouement plus insolite, moins hypocrite, paye les souffrances de beaucoup de mères. Les ménagères de cinquante ans, la majorité de nos spectatrices, sont aussi des mères. Et parmi elles, même si elles ne l'avouent pas, combien de mères plaquées, de mères à cartes postales, de mères à qui on rend visite deux fois par an, de mères de fête des Mères, de mères de tous les jours, de mères réduites aux tendresses de base, des « comment vas-tu ? », qui crèvent en prononçant « ça va bien ». On fait n'importe quoi à une mère et après, on dit qu'une mère pardonne toujours. C'est faux !

— Le pardon est chrétien, répliqua le metteur en scène. Un grand nombre de téléspectateurs seraient choqués par le refus de pardon.

— Le pardon est souvent dicté par l'hypocrisie, ils le savent.

— Mais politiquement correct, objecta le metteur en scène. Selon les croyants, Dieu est pardon.

— Chez les juifs, c'est œil pour œil, dent pour dent.

— Vous croyez qu'ils regarderont ça ?

— On ne sait jamais.

— On tient un joker avec ce type arrivé par hasard. Il ne faut surtout pas le perdre, dit le metteur en scène au producteur, un nommé Schmurtz, accouru pour admirer le phénomène. Il faut l'isoler des journalistes et lui interdire toute interview.

Pour le moment, aucune publication, ni à sensations, ni d'informations, n'était au courant de ce nouveau venu qui allait avoir tant d'influence sur les événements futurs.

***

Ce soir-là, dans sa chambre, Jean implora Dieu :

— Mon Père, aide-moi. C'est si pénible de jouer avec les sentiments. Je cherche l'occasion de remplir ma mission, mais que c'est difficile. On ne m'écoute que si je prononce les paroles d'un autre.

Il n'y eut pas de réponse de Dieu ce soir-là. Vers onze heures, quelqu'un frappa à la porte. Jean sortit du lit, enfila son slip encore mouillé, qu'il venait de laver comme chaque soir, et passa sa chemise. Une fille dont la cascade de cheveux roux tombait sur les épaules, se tenait dans l'encadrement de la porte.

— Bonsoir, dit-elle. Je peux entrer ? Je suis journaliste.

— Et vous voulez... ?

— Vous parler.

Jean acquiesça :

— Entrez, mais je n'ai qu'une chaise.

— Ça fait rien.

La fille apprécia le côté misère spectaculaire, utile pour son article.

— Je travaille à *Télé-Vie*. Notre publication passionne les lecteurs de dix à quatre-vingts ans. Ils s'identifient à nos vedettes. Eventuellement, je pourrais vous obtenir la couverture. En été, c'est plus facile, il n'y a personne dans Paris.

— Que voulez-vous ?

— Une exclusivité.

— De quoi ?

— De vous. De votre personne.

— Ça consiste en quoi, l'exclusivité ?

— Ne vous faites pas plus simple que vous ne l'êtes, dit-elle. Restez naturel. J'ai mis un temps fou pour vous trouver. Le chauffeur de la voiture de la production m'a refilé votre adresse. Je suis contente.

— Pour quelle raison ? dit Jean.

Elle tenait « le papier » :

— Vous êtes quelqu'un de superbe. Vous rayonnez.

Jean avait oublié le morceau de lune sous son lit étroit. L'objet caché diffusait dans la pièce une pâle lumière nacrée. La fille avait des grands yeux bleu ciel.

— Vous êtes arrivé dans la production comme un météore, dit-elle.

Il fit non de la tête :

— Pas comme un météore.

La fille continua :

— Comme un branché lumineux.

— Je suis venu propager la bonne parole.

La journaliste entrevit des possibilités prometteuses. Etait-ce la vedette à laquelle la foule, désabusée et fatiguée, serait sensible ?

— Vous avez fait connaissance de l'équipe du film à quel moment ?

— Hier. Je cherchais du travail. Ils m'ont engagé.

La fille s'exclama :

— Comme ça ?

— Oui. J'ai à prononcer des phrases simples, et on me paye pour ça.

— Avez-vous vu les rushes ?

— Quoi ?

— Les passages tournés le jour même.

— Non. Mais nous avons tout le temps. Demain, nous continuons l'histoire. Vous pouvez venir...

— Signez une autorisation, dit-elle.

Elle griffonna de grandes lettres sur la feuille d'un bloc et le tendit à Jean qui calligraphia lentement : Jean Lemessie. La fille découvrit le nom :

— Lemessie ?

— Oui.

— Ça alors. Ça ne s'invente pas. Moi, je m'appelle Madeleine. Coïncidence. Rigolo, n'est-ce pas ?

Elle continua :

— Avez-vous quelqu'un dans votre vie ?

— Quoi ? Qui ?

— Une compagne.

— Quel intérêt ?

— Vous défendez votre vie privée, dit-elle, rejetant ses superbes cheveux en arrière. Vous avez raison. Parlez-moi de vos parents, de la région d'où vous venez.

— Pourquoi ces renseignements ?

— Pour les lecteurs.

— Ils s'intéressent à ça ?

— Forcément.

— Mes parents étaient des personnes simples.

— Encore vivants ?

— Pas exactement.

— De quelle région ?

Il balaya l'air d'un geste :

— De partout.

— Vous plaisantez ?

— Pour moi, ils sont toujours présents.

Elle s'approcha de lui. Il fit deux pas en arrière.

— Voulez-vous que je m'occupe de vos intérêts ? demanda-t-elle.

— Je n'en ai pas. Sauf de parler aux fidèles.

— A qui ? demanda-t-elle.

Il se fit prudent.

— Fidèles à une certaine morale.

— Vous êtes mignon, s'exclama-t-elle.

L'adjectif qualificatif allait plutôt mal à cet être rayonnant, à cette personnalité extrême, mais c'était le seul qui lui vint à l'esprit. Elle insista.

— Je me rendrai utile, vous verrez.

Elle quitta l'hôtel en jubilant. Elle avait trouvé son filon. Elle écrivit son article dans la nuit, le portrait de l'inconnu, de ses mystères, et prédit l'effet escompté sur le public : « Il va faire des ravages. »

Sans attendre elle appela Schmurtz, le producteur, et lui communiqua ses impressions. Elle annonça aussi qu'elle avait une autorisation de la vedette de la représenter.

— Un bout de papier, dit Schmurtz. C'est rien. Mais on va pas se fâcher.

Schmurtz et Anna, la scripte aux cheveux platine, vinrent eux-mêmes chercher Jean le lendemain, tant ils avaient peur qu'il disparaisse. En entrant dans l'hôtel minable, ils rencontrèrent Odile, qui sortait accompagner Christophe à l'école. Schmurtz monta au premier étage en suivant Anna ; ils frappèrent à la porte de Jean qui venait de se laver et de s'habiller.

— Entrez.

Schmurtz et Anna pénétrèrent dans la pièce. Sans préambule, Schmurtz proposa à Jean un salaire plus confortable que le Smic. Celui-ci, depuis qu'il était sur terre, avait des exigences physiques et pour l'instant, il souhaitait un café. Il répondit, assez maussade :

— J'ai surtout besoin de temps libre.

— Pourquoi ? demanda Schmurtz, inquiet.

Il avala sans eau une pilule calmante.

L'homme était si lumineux, il semblait incongru de lui parler d'argent.

La blonde platine les surveillait. Elle eût aimé être utile à Jean, mais elle espérait surtout l'utiliser.

— Temps libre ? répéta Schmurtz.

— Pour parler.

— Avec qui ?

— Le monde. Vous avez le temps de m'écouter ?

— Oui.

— Alors accompagnez-moi au café. Je vous communiquerai là-bas une information essentielle.

Anna fit signe à Schmurtz : il ne fallait pas contrarier leur vedette. Ils descendirent dans la rue et, l'un derrière l'autre à la suite de Jean, formèrent un petit cortège.

— Hé ! intervint Anna. Vous marchez trop vite !

Au zinc du café, Schmurtz demanda la corbeille de croissants. Jean avala deux gorgées de café, ne toucha pas aux croissants. Il s'adressa à Schmurtz :

— Avez-vous médité sur les difficultés de l'être humain, qui s'enfonce de plus en plus dans le Mal ?

Schmurtz se gratta le cuir chevelu.

— Je pense au film, dit-il.

— Pourquoi ce sujet ?

— Dieu intéresse le public.

— Enfin ! Il était temps, dit Jean. L'humanité est malade.

Anna s'exclama :

— Des tendances philosophiques ?

— Vous devez — vous tous — changer de comportement. Vous parliez hier d'une manière humiliante à la femme qui joue ma mère. Il faut protéger les vieilles personnes...

Schmurtz s'exclama :

— Cette vieille comédienne âgée doit nous remercier de l'employer. Hier, elle était mère, demain...

— Elle refuse l'idée de pardonner au fils prodigue.

— Elle déraille. Elle a été blessée dans sa vie privée, si bien qu'elle fait une identification. Nous ne connaissons pas son passé.

La blonde platine réfléchissait. La présence étrange de Jean permettrait peut-être à leur petit film de franchir le seuil d'une salle de la rive gauche. Ensuite, si leur Jésus pouvait traverser la Seine et arriver aux Champs-Elysées ?

— On doit vous habiller, dit Schmurtz.

— J'aurais besoin d'une chemise, d'un caleçon, d'un autre jean, mais je garde le blouson, dit Jean avec simplicité. Vous n'êtes pas très grand, vous ne pourrez pas partager vos vêtements avec moi.

— Je voudrais vous acheter ce dont vous avez besoin, dit Schmurtz.

— Pas acheter. Il faut donner de ce qu'on a eu trop. Même ce qu'on a tout juste.

Schmurtz s'impatienta :

— Nous recommençons à tourner à quatorze heures. Il faut vous habiller avant, puis vous proposer un gentil petit contrat...

— Quel contrat ?

— Un contrat qui vous lie à moi. Vous êtes dorénavant la vedette de *L'Enfant prodigue*. Anna a la clef de mon appartement. Vous y trouverez — en vrac — dans une valise quelques affaires que mon frère avait laissées. Prenez ce que vous voulez.

— Où est votre frère ?

— Il est mort.

— En état de péché ou absous ?

— Dans un accident de voiture.

— Qu'est-ce qu'il avait fait avant de prendre la voiture ?

— Sa valise. Il l'a laissée chez moi, il était de passage à Paris. Il repartait avec un sac. On se voyait très peu.

— Vous étiez frères ?

— Oui.

— Et vous vous voyiez peu ? La fraternité, c'est quoi pour vous ?

Un petit groupe de Maghrébins entrait dans le café ; le mouvement empêcha Jean de continuer son discours. En sortant, Schmurtz glissa à Anna :

— Il va me massacrer.

Anna murmura :

— Discutez pas, donnez la clef. Où est la valise ?

— A côté du canapé-lit.

— Merci, dit-elle.

Ils se séparèrent. Jean suivit Anna qui cherchait dans la rue sa voiture cabossée. Le démarrage fut pénible.

— On va loin ?

— A cinq minutes d'ici.

— Vous prenez votre voiture pour cinq minutes ?

— Après, nous devons nous rendre au lieu du tournage. Sur la petite place. C'est un trajet.

Dans l'appartement du producteur, la valise tirée au milieu de la pièce était maintenant ouverte. Le frère mort devait être plutôt grand.

— Ne signez pas sans réfléchir, Jean, dit Anna qui ajouta : Les grands acteurs, les vedettes populaires gagnent des fortunes. Vous serez peut-être un jour une vedette très riche.

Une pensée la traversa :

— Avez-vous de la voix, Jean ? Avez-vous déjà chanté ?

— Chanté quoi ?

— Je ne sais pas, dit-elle.

Il réfléchit. Comme les vagues qui s'écrasent sur le sable, des fragments de mélodie abordèrent à son esprit. Un chant surgi du fond des âges. Il s'entendit chanter. Chaque mot se détachait distinctement :

— Je dors, mais mon cœur veille.
J'entends mon Bien-Aimé qui frappe.
« Ouvre-moi, ma sœur, mon amie,
ma colombe, ma parfaite !
Car ma tête est couverte de rosée,
mes boucles, des gouttes de la nuit. »

— C'est beau, murmura la blonde platine. Continuez.

— Je me suis levée
pour ouvrir à mon Bien-Aimé,
et de mes mains a dégoutté la myrrhe,
de mes doigts la myrrhe vierge,
sur la poignée du verrou.
J'ai ouvert à mon Bien-Aimé,
mais, tournant le dos, il avait disparu !
Sa fuite m'a fait rendre l'âme.

Anna soupira :

— Ça ressemble à *Starmania*.

Elle se mit sur la pointe des pieds et poussa le refrain :

— *J'aurais voulu être un artiste...*

Elle se tut, les larmes aux yeux.

— Vous connaissez ?

— Non.

— Ça m'émeut. Voyez-vous, j'aurais voulu être une artiste, je suis scripte. Votre musique, je veux dire ce chant, est de quel pays ?

— Universel. Le symbole de l'union de Dieu et des peuples.

— Tradition populaire ?

— Des centaines d'années avant ma naissance, ce chant était déjà à la mode.

— On vous l'a appris ? Génial ! Vous connaissez la suite ?

— Peut-être.

Elle posa la main sur son cœur, petit clown aux cheveux platine, sentant son âme se réveiller :

— Je me sens d'un romantique ! Les troubadours devaient le colporter d'un village à l'autre.

— À l'époque de Salomon...

— De qui ?

— Du roi Salomon.

La fille jubila :

— J'ai ça sur cassette. Difficile à trouver, *Les Mines du roi Salomon*, avec Ava Gardner.

— Salomon avait pour ses chars quatre mille stalles et douze mille chevaux.

— Un budget pareil, c'est Hollywood, soupira Anna.

Cette fille avait un cerveau occidental, des cheveux livrés à l'eau oxygénée. Son âme réagissait comme le poussin virtuel sur écran. Il fallait la soigner, la ménager. Jean s'interdit cette image, qu'il jugea irrespectueuse vis-à-vis de la fille.

— Parlez-moi de ce Salomon, demanda-t-elle.

— C'est lui qui a composé cette chanson. Dans la Bible hébraïque, ce chant était très connu. On suppose aussi l'existence d'un autre auteur.

— Un nègre ? demanda la fille.

— Je n'ai pas évoqué une couleur, protesta Jean. Salomon voyait dans le Bien-Aimé et celle qui l'adore le peuple d'Israël et Dieu.

— Vous en savez des choses, dit-elle, épuisée.

Jean se remit à chanter en douceur :

— Je vous en conjure,
filles de Jérusalem,
si vous trouvez mon Bien-Aimé,
que lui déclarerez-vous... ?
Que je suis malade d'amour.

La fille battait le rythme, cherchant la bonne cadence.

— Répétez les paroles, les toutes dernières.

Elle se secouait, se trémoussait.

— J'y suis, s'écria-t-elle. Votre truc est plutôt rock que techno. Le rock mystique. Jean, il faudrait chanter dans ce film.

— Non. Je n'aime pas ce film. Aucun fils ne devrait faire mal à sa mère. Moi, fils de Marie — il s'arrêta puis prononça tout bas : vierge.

Anna réagit aussitôt :

— Votre mère est née sous le signe de la Vierge ? Un excellent signe. Ce sont des gens travailleurs, consciencieux, pointilleux même, généreux... Les astres, c'est important.

— Pourquoi me parlez-vous de signe quand je dis « vierge » ?

— Signe du zodiaque, dit Anna. Vous ne lisez pas les horoscopes ? Beaucoup de gens cherchent leur destin dans les étoiles.

— Il est sage, dit Jean, d'interroger les étoiles.

Anna prévoyait qu'une fête — genre rassemblement à Bercy — soutiendrait la production. Le chant du hippie désespéré pourrait constituer la musique du film.

— Pour vos paroles si mignonnes, vous auriez un titre ?

— Le Cantique des cantiques.

— De quoi ?

Jean répéta. Elle soupira :

— Si c'est un cantique, comme vous dites, alors faut-il un canteur au lieu d'un chanteur ?

Elle ajouta, incertaine :

— Je plaisante.

— Il faut un chanteur pour un cantique.

— Tant mieux, dit-elle. Votre cantique, c'est la totale.

— Une seconde, dit Jean.

Il désigna la télévision placée au milieu du salon.

— Le public va regarder sur ces écrans ce que nous tournons ?

— Certainement.

Anna alluma l'appareil par la télécommande :

— La première chose qu'on achète ou qu'on loue est la télévision. Ensuite viennent le lit, la table et une ou deux chaises.

— Combien d'hommes et de femmes de bonne volonté travaillent à la télévision ?

— Ils sont tous de bonne volonté. Sinon ils sautent. Si on n'est pas professionnel de nos jours, on vous fout dehors. Il faut...

Jean insista :

— Ceux qui ont la possibilité de se faire écouter par ce système évoquent-ils quelquefois les pouvoirs célestes ?

— Non. Ils ne se risqueraient pas à taquiner la haute direction. C'est dangereux d'attirer l'attention sur soi. C'est comme ça qu'on trouve des employés superflus ou en surnombre, ça justifie ce qu'ils appellent, d'une manière horrible, le dégraissage. Allez, on s'en va, maintenant. Vous aurez une pizza, un café et après, on tourne. Le fils prodigue, dans un moment de fantasme onirique, va revoir sa mère, jeune. Une comédienne ravissante, une superbe Italienne, joue Marie.

Jean intervint :

— On ne joue pas Marie, on est Marie.

Anna fit un balluchon des vieux vêtements de Jean, qui avait gardé son blouson.

— Tout ça est à jeter.

— Jeter ? dit Jean. Mais il y a plus pauvre que moi. Ces vêtements peuvent servir encore. Vous avez voulu que je sois mieux habillé pour votre...

Anna termina la phrase :

— Production.

— Je l'ai accepté. Mais les vêtements, je vais les laver dans mon lavabo, les sécher et les donner.

Anna s'énervait, l'homme la dérangeait.

— Ne vous en faites pas. Pour vous faire plaisir, je vais tout laver. J'ai une machine.

— Ce qu'on donne doit être propre. Merci.

Sur le tournage, Jean apprit que le chef maquilleur avait décidé de s'occuper lui-même de la nouvelle vedette. C'était un privilège. Pendant qu'on le conduisait vers la roulotte, Anna prit Schmurtz à part :

— Il ne faut pas escroquer notre Jésus.

Schmurtz se défendit :

— Tu connais notre budget de misère. Nous n'avons même pas de distributeur pour la moindre petite salle de la rive gauche.

— Il ne faut pas l'exploiter, répéta Anna.

— L'exploiter ? fit Schmurtz. Il a la gueule de l'emploi. C'est sa chance.

— Il faut l'intéresser aux bénéfices.

— Il n'y aura pas de bénéfices. Nous vivotons à peine d'une petite marge.

— Les bénéfices, insista Anna. On en aura.

— Tu me fais rigoler, dit-il, amer.

Anna revint à la charge :

— Il a de la voix.

— Il n'est pas muet.

— Une voix spéciale. Avec un peu de rythme, il serait proche du style negro spiritual.

— Il a chanté quoi pour t'emballer à ce point ?

— Une vieillerie, donc sans droits d'auteur. Mais restructurée, la mélodie serait intéressante. Le compositeur doit être juif. Il s'appelle Salomon. Même à distance, il vous remue l'estomac, le cœur, les tripes.

— Tu parles de quelle distance ?

— Je veux dire du passé. Ce qui était loin avant nous, c'est pas la distance ?

— De quand ?

Elle fit un geste hautain :

— Des centaines d'années avant lui, c'est lui qui le dit.

— T'es chauffée. Dès que tu vois un homme seul et libre, tu t'emballes. C'est pas un mec pour toi. Trop désincarné. Laisse tomber. Pour le moment, on a besoin de son regard et ensuite de son bon profil. Où est Antonio ?

— Il vient d'arriver.

Jean subit l'éponge de fond de teint sur le visage. Gêné par la couronne de fausses fleurs qu'on lui avait posée une fois de plus sur la tête, il réclama le producteur. Celui-ci arriva avec un contrat et un chèque pour Jean :

— Voilà, le salaire des quinze premiers jours.

Jean examina le chèque :

— Il me faut des billets ou des pièces.

— Quelles pièces ?

— Mais les pièces d'argent ou les billets, pas un papier. Un papier, c'est rien. Il me faut l'argent.

— Vous n'avez pas un compte en banque ? demanda Antonio Ba venu les rejoindre.

— Non. Il me faut de l'argent vrai.

Une heure plus tard, Schmurtz apporta la moitié d'un Smic en espèces, que Jean, ayant recompté soigneusement, mit dans sa poche.

— Je vous ai demandé, fit-il, de m'enlever ça. Cette couronne me gêne...

— Juste quelques prises et c'est fini.

Jean fut conduit par les assistants près de l'une des parois en tôle ondulée de la crèche. Il salua de loin la comédienne âgée qui lui envoya un grand sourire, puis aperçut une jeune femme aux longs cheveux. Elle arriva, vêtue comme Marie sur les images d'église. Jean ressentit un profond malaise. La comédienne qui jouait la Vierge s'assit près du berceau vide et lui sourit. Suivant les ordres,

Jean resta immobile, perdu dans ses pensées. La caméra d'Antonio Ba les contourna. La Vierge Marie en gros plan, puis Jean, le hippie vieilli revoyant son enfance. Jean perdit son identité de terrestre, quitta sa réalité. De nouveau, il était enfant, deux mille ans plus tôt. Pour se rassurer, pour se donner une contenance, il se mit à chanter. Sa voix semblait s'échapper du fond de la terre, descendre du ciel, se confondre à la pollution et surmonter les bruits de la circulation. Tous ceux qui l'entendaient avaient envie de crier : « C'est divin ! »

Jean s'approcha doucement du berceau vide. La comédienne qui jouait la jeune Vierge Marie se pencha aussi. Tous les deux, ils contemplaient le vide, c'était du cinéma. Soudain le ciel s'obscurcit. Quelqu'un s'écria :

— Il va pleuvoir. Attention ! Le toit de la crèche n'est pas étanche.

***

Le petit film fut terminé en quinze jours. Jean n'intéressait les journaux que modérément. Madeleine, la journaliste, persuadée de s'être trompée sur le compte de la future vedette, restait pourtant aimable. Jean consacrait son temps libre à Christophe. Il lui racontait l'histoire d'un grand jardin, avec la faune, les fleurs, les arbres, où les premiers hommes et femmes vivaient peu vêtus. Christophe pensa à Tarzan et à Jane. Jean répondit qu'ils avaient un autre nom. Odile prit l'habitude de soigner les vêtements de Jean, et le logeur, satisfait, encaissait son loyer.

Pour prolonger son titre de séjour, Jean se rendit à la préfecture, accompagné d'Antonio Ba, inquiet, qui assura à un fonctionnaire que l'apatride avait du travail pour six mois. Jean obtint sa prolongation. Ce serait ainsi de suite. Selon le travail qu'il obtiendrait, il pourrait rester en France.

Le film terminé fut présenté à quelques distributeurs de salles de la rive gauche : « C'est tellement démodé que ça pourrait plaire », conclurent-ils.

***

L'époque était fade et les journalistes, accablés de problèmes de meurtres, de politique, d'agressions, de plus en plus fatigués.

Un jour, Jean lut sur la couverture d'un hebdomadaire, exposé dans un kiosque, un grand titre : « Dieu existe-t-il ? » Il hocha la tête. Que de questions inutiles ! Lui, le témoin absolu, personne ne l'écoutait. La production l'informa qu'il devrait improviser une sorte de prologue, qu'il réciterait avant le film. Les distributeurs réclamaient une préface parlante, dont on utiliserait ensuite les termes pour la promotion. Sans oublier les allusions à l'an 2000.

Jean n'accepta le tournage de cette séquence que près d'une rivière. Une rivière ? Il fallait la trouver, chercher quelque part dans la vallée de Chevreuse ou n'importe où aux alentours, ne fût-ce qu'un ruisseau un peu large. Cet homme étrange exigeait de l'eau. On mit un temps considérable à découvrir l'endroit où restaient encore un peu de verdure et, parmi la verdure, un cours d'eau.

Le jour du rendez-vous, difficilement arraché à Jean, celui-ci s'agenouilla, prit de l'eau dans les deux mains et voulut la porter à ses lèvres. Anna s'écria :

— Non ! Elle est polluée. Vous seriez malade.

— Malade de l'eau ? demanda Jean. Mais qu'est-ce que l'homme a fait à l'eau ?

Les autres ne comprirent pas le sens profond de la question.

— Une petite industrie chimique déverse ses saletés dans cette eau. Les Verts qui siègent au Parlement n'ont pas encore réussi à interdire le fonctionnement de cette boîte. Because chômage.

— « Because » ?

— A cause, en anglais.

— Et qu'appelez-vous « Verts » ? demanda Jean en regardant ses mains mouillées.

— Les défenseurs de la nature.

— Pourquoi Verts ?

— Parce qu'ils luttent pour la protection de la verdure.

— Dieu pourrait-il être considéré comme un Vert, lui qui a créé la nature ?

Schmurtz se tenait la tête :

— Il va me rendre dingue, ce type. Il faut arriver au bout de ce prologue, sinon on coupe tout. C'est un fou.

Anna l'apaisa :

— Il n'est ni dangereux ni dérangé. En revanche, il est suspect ! Il y a des zones d'ombre derrière lui. J'ai décidé de faire une enquête pour découvrir ses origines. L'endroit d'où il vient.

Le lendemain, profitant d'un moment où Jean était absent, Anna se rendit au petit hôtel et entreprit d'interroger les locataires. Odile expliqua que Jean était apparu brusquement, ayant pris la place d'un autre occupant qui avait disparu.

— Comment il s'appelait, votre voisin d'avant ? Et si celui-ci avait pris les papiers de l'autre, ses vêtements...

Christophe intervint :

— Il s'appelait Jean aussi. Il était moins aimable.

— Si celui-ci avait pris l'identité de l'autre ? Est-ce qu'il aurait pu le tuer ?

— Bêtises ! Ce Jean-là ne ferait pas de mal à une mouche.

— Ils se ressemblaient ?

— De loin, oui. De près, non. L'autre était grand aussi, mais il n'avait pas ce bon regard. L'autre était un révolté contre la société. Celui-ci est obsédé par des histoires de Dieu.

Anna continua :

— Serait-il membre d'une secte ?

— Du tout. Il dit qu'il veut se faire entendre. Une idée fixe. Il m'a expliqué que je devais être meilleure, que je devais partager ce que j'ai avec les autres. Je l'ai fait taire. Depuis, il est plus calme.

Christophe renchérit :

— Il m'a promis de m'amener en Normandie. Il parle souvent de l'eau. Il m'a demandé si j'ai déjà vu un grand fleuve. Il m'a dit qu'avec l'argent qu'il gagnerait en plus avec son film, il organiserait un voyage, avec Maman et moi, près d'un fleuve.

— Est-ce qu'il a dit le nom de ce fleuve ? La Seine ?

— Non.

— La Loire ?

— Pas ça. Un nom étranger.

— Mississippi, Neva, Danube...
— Jourdain, fit Odile. Il a dit : Jourdain. Ça ressemble à un nom de magasin...

Odile était bavarde, Anna fureteuse, et le commissariat du quartier bombardé de lettres de délation. La police commença à s'intéresser au cas : un étranger illuminé aurait pris la place d'un autre étranger moins illuminé. Qu'avait-il fait, Jean Lemessie, de son prédécesseur dont personne ne trouvait la trace ?

Jean fut interrogé par la police. Un commissaire aimable le rassura :

— Nous ne cherchons aucune complication. On en a suffisamment. Nous sommes submergés par les demandeurs d'asile, vous en êtes un, avec les papiers d'un autre. On ne connaît qu'un seul Lemessie enregistré à la préfecture. Vos empreintes digitales ne correspondent pas aux siennes. Seriez-vous un homonyme ? Y aurait-il eu substitution ?

Jean garda le silence. Il n'avait aucune explication raisonnable à donner. Son Père avait dû se tromper en le confiant à Are-Are qui l'avait projeté dans le corps d'un autre. Ou voulait-Il qu'il connaisse les modes actuels de persécution ?

— Vous avez forcément une explication. Avez-vous connu ce Jean Lemessie qui habitait avant vous dans cet hôtel meublé ?

— Indirectement.
— C'est-à-dire ?
— Des relations peu banales.
— Amitié prononcée entre hommes ?
— C'est ça...

Le commissaire soupira :

— Où est-il ? Vous n'êtes pas arrivé dans cette chambre par magie ?

— Mais si. Une volonté supérieure à la mienne en a décidé ainsi.

Il ne put continuer. Le commissaire s'était mis à crier, sa tension artérielle montait. Il portait en permanence un appareil de contrôle : au-dessus de vingt-deux, il valait mieux se calmer. La tension était son bourreau à demeure, dans son corps. Il obligea sa violence à se mettre en sourdine et reprit, épargnant son souffle :

— Vous me prenez pour le roi des cons ?

Jean ne connaissait pas le mot, mais à l'intonation, il le devina grossier.

— Vous croyez qu'à cause du nombre d'êtres humains que nous prenons à notre charge, à cause des individus dont nous subissons le français approximatif et le manque de logique, vous pouvez nous faire avaler n'importe quel bobard ? Que vous pouvez nous faire marcher ? Un meurtre restera toujours un meurtre, même si on s'entretue entre apatrides. Vos empreintes ne correspondent pas à celles de l'autre Lemessie.

— Je vous assure, monsieur le commissaire, je n'ai tué personne. Un jour vous comprendrez.

— Quand ? haleta le commissaire. Quand ? Ses papiers d'identité, son permis, vous les avez volés ! Vous comptiez sur votre ressemblance, paraît-il, flagrante.

— Je suis innocent. Je m'appelle Jean Lemessie et je gagne ma vie.

— Selon les témoins, dit le commissaire, c'est surtout votre comportement qui vous distingue de l'autre. Vous êtes patient. Il était coléreux.

Jean répondit, très calme :

— Chaque être humain est un lieu de contradictions. Mon destin est compliqué. Depuis ma naissance, on me rejette, on me bafoue, on me provoque. Les deux personnes que vous voulez séparer n'en font qu'une, dit Jean.

— Selon les locataires, reprit le commissaire, dans le passé vous étiez — vous ou l'autre — désagréable. Vous buviez, vous entreteniez des relations avec des SDF qui venaient, par temps froid, coucher dans votre chambre. A ce moment-là, vous ne parliez pas de Dieu. Le propriétaire vous a menacé d'expulsion. D'ailleurs, il vous a fait attaquer pour payement manqué. Vous avez été blessé aux jambes. Il paraît qu'il vous a fait battre et jeter sur une décharge publique. Si vous êtes la même personne, vous devez avoir des cicatrices.

Jean réfléchit. Son Père devait intervenir, sinon la mission terrestre allait se terminer dans une cellule.

— J'ai été ligoté par les chevilles et torturé. Vous voulez voir ?

— Avec votre consentement et sur votre proposition.

Jean entendait un bruit de clavier. Il se retourna. Derrière lui, une femme sévère, avec de larges lunettes, tapait sur une vieille machine mécanique. Le commissaire lui jeta un coup d'œil.

— Nos commissariats sont pauvres.

Jean se pencha en avant, défit la boucle de ses sandales, enleva ses chaussettes un peu grandes — celles du frère mort du producteur —, ses pieds apparurent. Des pieds longs, élégants, dont la couleur était plus proche de l'ivoire que de celle d'une peau usée par trop de marche. Le commissaire aperçut des blessures cicatrisées, des marques blanchâtres, profondes, sur les deux cambrures, comme s'il avait eu les pieds transpercés.

— Le logeur a fait ça ? demanda le commissaire, ahuri. Vous auriez dû faire constater et demander des dommages et intérêts.

Les chevilles portaient aussi les traces d'une corde épaisse. On avait dû attacher les chevilles de cet apatride d'une manière infiniment cruelle.

— Toute cette horreur parce que vous n'aviez pas payé votre loyer ?

Jean, muet, remit ses chaussettes et ses sandales, baissa le bas de son jean, puis se redressa. Le commissaire déclara :

— Ces blessures justifient votre identité. Il ne peut pas y avoir deux Jean Lemessie avec des blessures similaires. Je vous présente mes excuses, mais il faut reconnaître que nous nous débattons dans des difficultés qui nous dépassent. Nous n'avons que des moyens archaïques pour surveiller une population qui afflue de tous les côtés du monde. On sent une sorte d'excitation dans l'air, les délations se multiplient. Tout le monde trouve suspect tout le monde.

— La peur, dit Jean, vraisemblablement la peur. Peu de temps nous sépare de l'an 2000.

Le commissaire leva les mains :

— On m'en rebat les oreilles. Mais qu'est-ce que ça peut nous faire, cette fameuse nuit ? Nous avons déjà prévu les équipes qui patrouilleront aux Champs-Élysées, lieu de rencontre des liesses populaires. La nuit du

31, c'est une tradition. Sur les bateaux-mouches, nous placerons des gardes, sur les ponts aussi, pour surveiller les éventuels candidats au suicide. Nous interdirons l'accès à la tour Eiffel — on ne sait jamais quel illuminé voudrait se jeter dans le vide, pour fêter l'aube de l'an 2000.

— Je suis persuadé que les gens de bonne volonté, ceux qui n'ont jamais fait de mal à personne, n'ont rien à craindre.

Le commissaire l'interrompit :

— Mon pauvre ami ! Selon vous, ne pas faire de mal à personne commence où, se termine où ? Ne fût-ce que cela, regardez — il tendit la main — ces lettres de délation, c'est du mal. On vous charge de tous les crimes du monde, vous devez expier pour tous les péchés de tous les apatrides. Votre charmante voisine, Odile Dubois, se plaint de l'autre Lemessie et elle chante vos louanges. En différenciant les deux aspects d'un personnage présumé dédoublé, elle vous incrimine.

— Elle dit sa vérité. Un changement de personnalité peut surprendre et même choquer.

Le commissaire se pencha :

— Ecoutez, nous sommes entre nous.

Les mains de la dactylo restaient suspendues. Le commissaire ne désirait sans doute pas qu'elle enregistre la conversation.

— Vous venez d'où ?
— Je suis né en Palestine.
— Arabe ?
— Non.
— Juif ?
— Oui. Baptisé.

Le commissaire mit l'index devant ses lèvres :

— Ne parlez pas de vos origines juives. Les antisémites ne diront jamais qu'ils le sont, mais ils vous causeront tous les ennuis et vous empêcheront de vous intégrer.

— Les juifs aussi, dit Jean, quand ils sont intégristes.

Le commissaire répliqua :

— Je me méfie des définitions philosophiques. Mais vos blessures me laissent songeur. Elles sont très particulières.

— Elles ont une certaine maturité, dit Lemessie.

— Allons bon, fit le policier.

Il décrocha le téléphone, marmonna quelque chose à mi-voix et se tourna vers Jean :

— J'ai appelé notre médecin de service.

Un jeune homme modeste fit bientôt son entrée, salua le commissaire qui lui exposa un éventuel problème de personnalité multiple, sinon un cas d'amnésie partielle.

— Monsieur le commissaire, dit le médecin, une personnalité multiple vous coince comme elle veut. Celui qui est en face de nous peut, lors de l'arrivée de l'autre, changer d'aspect, son visage se transforme, il se redresse ou se ratatine, sa voix change.

Il paraissait gêné par le regard de Jean.

— Si nous avons réellement affaire ici à une personnalité multiple, nous voyons actuellement celle qui domine ; en revanche, lors d'une crise, apparaîtra l'autre.

Le commissaire insista :

— Celle qui m'aurait intéressé, c'est l'autre. D'avant.

Le médecin haussa les épaules :

— Mon champ d'action, c'est les antibiotiques, l'aspirine et ses dérivés, à l'extrême limite un électrocardiogramme. Le psychisme, c'est trop compliqué.

Il prit le pouls de Jean :

— Vous permettez ? Plus calme, plus lent, on meurt, dit-il. Vous croyez être qui, monsieur ? Aujourd'hui ?

Jean esquissa un sourire :

— Si je vous disais : le Fils de Dieu ?

Le médecin s'exclama :

— Bravo. Puis-je demander votre nom ?

— Lemessie.

— Super ! Je peux m'en aller, monsieur le commissaire ? Votre client est sans danger aucun et j'ai une épilepsie en cours.

— Simulée ?

— Non. Provoquée par un décret d'expulsion.

Le commissaire le retint et lui chuchota à l'oreille. Le médecin acquiesça :

— Si vous insistez.

Il se tourna vers Jean :

— Avez-vous des souvenirs de votre enfance ? Précis ?

— Il n'y a pas de souvenir précis.

— On ne travaille pas sur une thèse de philo. Oui ou non ?

— Une grande chaleur, des personnes aimables, insistantes aussi. Surtout un homme de grande taille qui m'invite à entrer dans l'eau. Je marche dans l'eau jusqu'à mi-mollet, jusqu'aux genoux, je suis jusqu'à la taille dans l'eau. Il verse de l'eau sur ma tête.

— Vous n'avez jamais eu de problème de déshydratation ? demanda le médecin. Ou avez-vous souffert d'une maladie rénale... On vous a fait boire beaucoup d'eau, n'est-ce pas ?

— Avec du vinaigre, dit Jean.

— Ce sont d'anciennes méthodes désinfectantes pratiquées par les paysans. Vous êtes d'une origine très simple ?

— Je ne sais pas ce que vous appelez simple, docteur.

— Vous êtes sémite ?

— Sur le plan purement ethnique...

Le médecin l'interrompit :

— Attention de ne pas prononcer de mots racistes. On risque l'amende.

— Même quand on parle de soi-même ?

Le commissaire et le médecin échangèrent un regard.

— Vous êtes d'origine arabe ou juive ? insista le médecin. Peut-être Maghrébin avec d'un côté une ascendance européenne ? Selon moi, vous n'êtes pas juif.

— Pourquoi ne serais-je pas juif ? J'ai déclaré au commissaire que je suis juif baptisé.

— Bravo, dit le médecin. Tout ça est bien paisible. Vous n'avez rien à craindre, monsieur le commissaire.

Puis il demanda l'autorisation de se retirer. Le commissaire accepta et le médecin quitta la pièce. Le commissaire se tourna vers Jean :

— Monsieur, vous pouvez partir aussi.

— Je fais quoi ? demanda la femme devant sa machine à écrire, les mains en l'air.

— Vous terminez l'entrevue avec la phrase : « Le commissaire présente ses excuses au nommé Jean Lemessie, celui-ci part sur-le-champ. »

Il arrêta Jean sur le pas de la porte :

— Une question. Curiosité personnelle. Pourquoi avez-vous accepté de jouer le rôle d'un hippie qui se croit Jésus, ou le rôle de Jésus qui se croit hippie ?

— Parce que j'avais besoin d'argent, dit Jean. Il faut que je paye mon loyer, autrement je risque des blessures supplémentaires.

— Partez, dit le commissaire qui referma le dossier avec une telle violence que deux autres chemises tombèrent par terre.

***

Schmurtz se mit dans tous ses états quand il découvrit que le film était programmé à la télévision pour le début d'août.

— Vous ne serez pas invité pour la messe de huit heures, lança-t-il, furieux, à sa vedette.

Jean s'enquit :

— Quelle messe ?

— Mais voyons ! Le journal de vingt heures ! Les actualités présentées par un des journalistes vedettes. Etre invité en tant que Jean Lemessie, juste avant que le film passe sur l'écran, nous aurait peut-être permis de trouver une programmation dans une salle de la rive gauche. Mais non ! Notre film passe à vingt heures quarante-cinq le 13 août. Les présentateurs vedettes seront encore en vacances et les remplaçants ne veulent pas de vous.

Antonio Ba le calma :

— Nous n'avons pas fait un chef-d'œuvre, cher ami. Juste un film alimentaire.

Il se redressa, douloureux :

— Pas du tout digne de moi. J'ai même pensé à enlever mon nom. Mais je vous réserve une nouvelle extraordinaire. J'ai appris hier, dit-il au producteur — et vous serez épaté —, qu'entre le 23 et le 30 août une mini-salle de la rive gauche, la Caverne, sort le film. Grâce à mon nom, Antonio Ba.

Schmurtz leva les bras.

— Et vous ne me l'avez pas dit tout de suite ? Ouf ! L'honneur est sauvé. Mais entre nous soit dit, c'est la fin des productions qui présentent une valeur morale. Je me demande même pour quelle raison la chaîne qui nous a financés ne donne pas un vieil Al Capone ce 13 août. Pourquoi le Christ ?

La scripte platine intervint :

— La commande a été signée il y a trois ans. Nous en sommes au neuvième scénariste. Ils rentabilisent le matériel.

— Bref, dit Schmurtz, l'avenir est bouché. Heureusement, j'ai une propriété de quatre-vingts hectares en Ardèche. Je la transformerai en gîte rural, ça me permettra de subsister.

Le film passa inaperçu sur la chaîne qui l'avait commandé. Le 13 août, seuls les malades cloués dans leur lit d'hôpital regardaient, résignés, cette histoire plutôt démoralisante, et zappaient. Personne n'avait envie de suivre, sur un écran accroché au plafond, les aventures d'un vieux hippie que sa mère rejette.

Le film sortit sur les écrans de la Caverne. La saison d'automne de Paris commençait tôt : ceux qui avaient du travail, de peur de retrouver une place prise, raccourcissaient leurs vacances et rentraient plus tôt. Plusieurs remplaçants de critiques célèbres, parfois même des critiques connus, en personne, s'aventurèrent à la Caverne.

Schmurtz découvrit, horrifié, l'éditorial du *Grand Cahier* consacré à son film. « Un prototype des années kitsch ». « Si nous avions, écrivait l'auteur, l'audace qu'avait le producteur de tourner un déchet pareil, nous dirions — malgré la protection que nous devons aux films français — que jamais pellicule n'a été bourrée d'un tel rassemblement de clichés. Si le concours du pire existait, nous décernerions le César de l'Absurde à cette chose qui nous a agressés, à l'intérieur d'une salle dont l'intimité évoque encore les anciennes révélations, les Marlowe et les *Ange bleu*. Allez voir ce film, un produit pareil n'arrive pas souvent sur un écran. Il faut signaler à l'acteur réduit à jouer ce hippie : s'il l'a fait pour manger, il aurait mieux valu pour lui visiter les succursales d'été des Restos du cœur. »

La violence de l'attaque rendit l'équipe malade. On montra l'article à Jean qui déclara :

— Il faut pardonner à ceux qui vous offensent.

— Quoi ? cria Schmurtz. Je perds tout ! Plus aucun crédit pour l'avenir.

— Ne leur en veuillez pas, ils ne savent pas ce qu'ils disent.

Schmurtz, l'écume aux lèvres, siffla :

— Mais ils savent ce qu'ils écrivent !

— Je ne supporte plus Jean Lemessie, se plaignit-il plus tard. Chacune de ses phrases me donne la chair de poule.

— L'émotion involontaire qu'il suscite vous agace, dit la blonde platine. Son message est étrange. Et lui, il est indifférent aux injures.

— Il est ma faillite, dit Schmurtz, ma faillite.

L'article, par sa véhémence, avait provoqué chez d'autres critiques de cinéma, plus chics que les premiers, l'envie d'aller voir le film. Chacun s'en donna à cœur joie pour le démolir davantage et mieux. Ils le maudissaient, le ridiculisaient, se demandaient qui gâchait des mètres de pellicule à faire « ça ». Anna griffonna quelques lignes sur la qualité humaine du héros. A cause d'une pub — un aliment pour enfant à consommer devant la télé — le papier fut supprimé.

Quelques Français, friands d'insolite et curieux de nature, allèrent voir ce film capable de susciter autant d'animosité. Des associations de chrétiens militants informèrent leurs membres que le Christ, une fois de plus, était bafoué, pas dans ce film à peu près honnête, mais par des critiques mécréants. Bientôt des queues se formèrent devant la Caverne. Les distributeurs sentirent l'événement et retardèrent la sortie de *L'Homme-crabe* numéro trois. Devant une salle des Champs-Elysées, apparut sur une affiche Jean, la couronne de fleurs sur ses longs cheveux et les mains tendues vers un berceau. Il y avait de la rédemption dans l'air.

C'était le retour des vacances, l'atmosphère vibrait des inquiétudes latentes que contenait cette fin de siècle. Le nombre de chômeurs croissait d'un jour à l'autre. L'homme qui jouait le Christ semblait plus proche du commun des très mortels que Batman, et intriguait plus que *L'Homme-crabe* numéro trois. Les analystes des marchés de jeux suggéraient la fabrication rapide d'un jeu électronique bon marché : un personnage marche sur l'eau, si on manipule mal, il tombe et se noie. Le Christ virtuel allait concurrencer le poussin japonais. La simplicité du film devint « biblique », le personnage du hippie « profondément émouvant », et le cadre, celui de « notre vie ».

Les spectateurs se pressaient au guichet et s'engouffraient dans les salles, tenant des cornets bourrés de pop-corn et savourant des esquimaux. Sitôt que Jean apparaissait sur l'écran, personne ne croquait plus le maïs, la crème des esquimaux fondait sur les chemises, coulait dans les décolletés, les amoureux qui se tenaient par la main, par le bras ou les genoux se lâchaient. La présence de l'acteur fascinait, on ne pouvait perdre aucune de ses expressions, aucun de ses gestes, aucune de ses paroles.

Le commissaire alla voir le film avec sa femme. Elle bâillait d'avance.

— J'aime pas les films religieux.

Le commissaire essaya de lui dire que l'acteur sur l'écran avait peut-être tué un homme, sa femme jura qu'à l'évidence il ne ferait pas de mal à un moustique. Le commissaire se laissa convaincre et regarda le film avec une telle intensité que son rythme cardiaque s'accéléra. Sa femme s'inquiéta :

— Qu'est-ce qui t'arrive ?

Elle toucha la main de son mari :

— Tu es presque froid.

— Je grelotte, dit-il. Quand je pense...

— Quoi ?

Elle ne comprendrait pas. Il n'avoua donc pas qu'il avait honte d'avoir interrogé le personnage qui semblait regarder chaque spectateur au fond des yeux.

***

Anna, la blonde platine, s'était mis en tête d'attirer l'attention d'un responsable du show-biz sur la voix de Jean Lemessie. Accompagné de Madeleine, la journaliste, Jean accepta des essais en studio. Il avait de la voix et ses chants antiques réorchestrés en rythme rock pouvaient espérer un certain succès. Selon Madeleine qui avait voyagé dans le sud des USA — côte Est —, il fallait que Jean chante son cantique en style negro spiritual, en rock religieux. L'assistant d'un producteur de disques avait insisté sur le fait que *Jésus-Christ superstar* était le grand succès des années soixante-dix.

— C'était avant le déluge, objecta le producteur du futur spectacle. On ne veut pas faire un remake de *Jésus-Christ superstar*. On a Lemessie, l'Humble qui chante. Son nom à lui seul est porteur. Si on l'avait inventé, on nous accuserait de sacrilège, mais il possède des papiers à ce nom. Vous imaginez la couverture des hebdos à grand tirage : « Un apatride, Lemessie, rameute les foules » ? Aux Etats-Unis, continua-t-il, les prédicateurs ont un succès délirant. Il faut miser sur notre pieux chantant et son texte kitsch.

— Quel texte ?

— Sa cantate.

— Son cantique, corrigea Anna.

— Qu'importe !

Anna souhaita s'associer à l'opération « cantique » de Jean Lemessie. Madeleine réclama de nouveau l'exclusivité d'une entrevue avant le premier tour de chant. Grâce au succès du film, Jean fut invité à la télévision.

— Pour la messe de vingt heures, dit le producteur, bouleversé.

Jean se retrouva à côté d'un présentateur vedette qui le regardait avec résignation — à coup sûr l'invité allait faire baisser l'audience. Son aspect désuet de hippie un peu basané ferait zapper. Le journaliste afficha une expression peinée. Décidément, le métier devenait de plus en plus difficile. Hélas, ce type faisait partie de l'actualité.

— Jean Lemessie, dit-il à contrecœur, c'est votre vrai nom ?

— J'ai des papiers à ce nom.

— Vous surgissez de Dieu sait où et vous vous trouvez en plein show-biz. Un rêve réalisé ?

Jean Lemessie fit non de la tête :

— Pas du tout. C'est un moyen de toucher le public.

Le visage du présentateur s'éclaira :

— La célébrité vous stimule ! Vous aimez quand la foule vous acclame ?

— Ça a un certain intérêt pour qui veut transmettre un message. Les temps sont durs, le ciel s'obscurcit, les nuages portent des menaces. Souvenez-vous, autrefois on disait : « Dieu a besoin des hommes. » Ce que je peux vous assurer — il se pencha en avant —, c'est que les hommes ont besoin de Dieu.

Le journaliste maudissait son équipe : on ne l'avait pas prévenu que l'invité était une sorte de prédicateur, un arriviste habile, qui voudrait monopoliser le micro. Il coupa court :

— Dieu a vraisemblablement besoin des hommes, mais les producteurs profiteront de vos cantates...

— Cantiques, dit Jean Lemessie. Le Cantique des cantiques. Chaque mot est un message de bonheur, d'union, de fraternité, mais dans la joie, l'union...

Le présentateur l'interrompit :

— Je vois bien ce que vous voulez dire. Tant mieux si vous êtes heureux. J'ai été content de vous recevoir.

Le téléphone se mit à sonner.

Le présentateur décrocha l'appareil et entendit : « Prolongez l'entrevue. Dans le mystique. Ça fait grimper l'Audimat. »

Il raccrocha et afficha un sourire épanoui :

— A propos : le bonheur. Le bonheur intéresse tout le monde. Vous avez dit Cantique des cantiques, n'est-ce pas ? Ça fait ancien.

— A l'époque du roi Salomon, les femmes chantaient le bonheur de la rencontre entre l'homme et la femme, l'épanouissement de leur union. En vérité, ces retrouvailles sont celles de Dieu et du peuple d'Israël. Souvent, c'est à travers une musique religieuse que les peuples reprennent espoir dans la fraternité.

Le temps passait. Le journaliste sportif trépignait à côté, il avait à commenter le « Tour des quatre roues d'Aubervilliers » qui avait eu lieu l'après-midi même.

— Vous allez donc nous chanter bientôt des cantiques ! Bravo. Je vous souhaite bonne chance, comme à tous ceux qui apprécient le film dont vous jouez le rôle principal. Un acteur doit s'identifier à son rôle, mais vous avez dû être intimidé de jouer le personnage de Jésus, de retour, n'est-ce pas ?

Jean Lemessie, le visage sculpté par le jeu des ombres et des lumières, prononça :

— Avant de m'en aller...

— Oui ? dit le journaliste avec impatience.

— J'aimerais juste vous dire... Je sais que beaucoup de personnes nous écoutent...

Tout cela n'était pas prévu, l'incident allait se produire devant sept ou huit millions de téléspectateurs...

— Nous avons très peu de temps, mais je vous écoute.

Dans l'éclatante lumière des projecteurs braqués sur le plateau, Jean ressemblait à une image connue dans le monde entier.

— La peur, l'angoisse peuvent être vaincues.

— Allons donc ! Et quel est le remède ?

— Dieu, fit Lemessie. Dieu attend la compréhension de l'homme et croit à la bonté qui sommeille en chacun.

— Bien sûr, répondit le journaliste. Il ne faut pas décevoir Dieu. En attendant, nous souhaitons une suite à votre film. Nous aurons peut-être *L'Enfant prodigue* deux et trois ? A bientôt, peut-être. Merci, Jean Lemessie.

L'écran fut aussitôt occupé par un immense sandwich dégoulinant de sauce. Un dinosaure miniature traversa l'écran et déclara :

— La vie sans sauce ? Ah non ! Je la veux avec... ! Je veux l'Omnisauce.

Puis une voix de femme :

— L'Omnisauce est bonne pour tout ! Ayez confiance dans l'Omnisauce.

***

Après ce premier succès, Jean Lemessie entra dans le circuit des médias. Il découvrit après l'émission ce qu'était la popularité. Il était « médiatisé ». Son rayonnement, soutenu par le morceau de lune qu'il portait dans la poche de son blouson, lui prêtait un aspect irréel. L'atmosphère était effervescente autour de lui. La chaîne qui l'avait invité eut ce soir-là, pendant sa courte présence, une part de marché plus étendue que celle de l'enquêteuse de charme qui, d'habitude, faisait des ravages sur la chaîne voisine. Pour le moment, Jean ne coûtait rien et rapportait gros. Madeleine souhaita qu'on la délègue auprès de Jean dont elle serait, comme elle le dit, l'ange gardien, empêchant le monde de le solliciter. Le danger de lâcher devant un micro un ancien timide était évident : il serait trop heureux de parler. On ne pourrait plus arrêter le flot de ses paroles.

On écourta donc ses tirades sur la fraternité. Il lui manquait le rythme des vedettes du business religieux américain. Il risquait de faire zapper.

— Il faudrait maintenant qu'il raconte quelques horreurs vécues, suggéra un homme d'affaires qui finançait une partie du tour de chant spirituel. Il doit bien avoir des souvenirs, comme tout le monde. Ou qu'on lui en invente. Il pourrait être un vétéran du Vietnam ? Un rescapé blanc des conflits africains ? Un ancien participant aux opérations humanitaires... C'est son style. Il y a des territoires à exploiter, des morts à ramener.

***

Malgré la curiosité générale, malgré tous les efforts, personne ne réussit à découvrir les origines de Jean Lemessie. Odile répétait :

— Je suis sûre que ce n'est pas le même. Ce n'est pas lui qui habitait ici avant. Ils se ressemblent, d'accord. Mais celui-ci est bon. Ça se voit.

Anna et Madeleine recommencèrent l'interrogatoire :

— Qu'est-ce qu'il faisait, l'homme d'avant ?

— Il vivotait, sans souci des lendemains. Il disait que mourir ou vivre lui était égal. Tandis que celui-ci ne cesse de parler de Dieu.

— Mais quand vous avez découvert le changement, la substitution ?

— Je l'ai pris tel qu'il était et je l'ai invité à partager nos repas.

***

Jean s'enfermait dans ses prières ; à genoux, le visage caché entre les mains, il cherchait la communication avec son Père. Il lui fallait un conseil. Devait-il accepter ou non la proposition des producteurs et des organisateurs qui l'entouraient ? Fallait-il chanter devant une foule ?

L'organisateur lui apprit l'engagement pour une semaine à Paris des chanteurs et chanteuses noirs de Memphis, la ville d'Elvis Presley. Ils soutiendraient le rock religieux chanté par Jean Lemessie.

— Vous serez connu comme Elvis, dit Madeleine qui ne quittait plus Jean. Avec ce chœur vivant, chaleureux, la transe est assurée.

Elle espérait un petit signe, un regard d'homme, quelque chose de plus humain que cette bonté un peu absente, ce regard si pénétrant et en même temps si indifférent. Anna, devenue sa secrétaire, son bras droit, l'interprète entre lui et le monde, le surveillait de près. Il n'était pas son type d'homme, mais elle devait le garder sous sa coupe. Un jour, il gagnerait une fortune. Elle lui demanda :

— Vous ferez quoi avec l'argent ?

— Je le distribuerai. Je n'ai besoin de rien.

Les Noirs venus de Memphis avaient deux répétitions avec Jean Lemessie. Il était entendu qu'en cas de succès, ils resteraient plus longtemps. Lorsque Jean les entendit pour la première fois, il eut comme un vertige. Que de souvenirs enfouis remontaient de son subconscient ! Ce chœur sur la scène le conditionnait, l'emplissait d'espoir. Il lui vint une idée pour la grande soirée.

Sur scène, aux répétitions, il distinguait mal la salle, les projecteurs l'aveuglaient, derrière lui bougeaient, s'agitaient, dansaient, se mouvaient les chanteurs et les chanteuses noirs. Leurs belles voix faisaient trembler l'air et envoyaient des ondes vers le ciel. L'orchestre ébranlait les murs et les âmes.

Après la dernière répétition, en rentrant dans sa chambre, Jean se rendit compte qu'il se trouvait juste en dessous d'un trou de la couche d'ozone. Il s'adressa aussitôt à son Père :

— Je vais mener la mission selon Ta volonté. Mais après, je T'en supplie, envoie

Are-Are me chercher pour me ramener vers Toi.

Le trou dans la couche d'ozone se déplaça, il n'y eut pas de réponse.

***

Le grand soir, la foule était dense. La presse avait fait un immense écho à l'événement : l'acteur qui jouait le Christ dans un film qui battait les records de recettes allait, accompagné d'un orchestre noir, interpréter des rocks de Dieu. Jean, considéré comme un Elvis Presley qui aurait Dieu dans sa guitare, était très attendu. Les temps étaient troublés. Les jours qui séparaient aujourd'hui de demain se confondaient dans un magma menaçant.

Jean avait demandé qu'on laisse entrer gratuitement le jeune public.

— Ne vous mêlez pas des problèmes de finances. Tout le monde doit payer.

— Il faut de l'argent pour rencontrer un messager de Dieu ?

— Pas de places gratuites, sauf pour le paradis, lui répondit un organisateur en riant.

La veille de la soirée, hommes et femmes, jeunes et vieux, avaient dormi dans des sacs de couchage pour être sûrs d'avoir des billets.

Un zélé représentant du pouvoir avait fait installer un calendrier électronique sur la tour Eiffel où, un jour après l'autre, les chiffres diminuaient. Ce compte à rebours désespérait les malades, les faibles, les vieux ainsi rappelés — sans cesse — à l'évidence de leur fin. D'Ushuaia en Patagonie à Anchorage en Alaska, de Los Angeles — Californie — à Tokyo — Japon —, une effervescence croissante échauffait l'atmosphère. Les riches reconvertissaient leur argent en pierres précieuses emportables dans un mouchoir et les pauvres confectionnaient des balluchons. Où partir ? D'abord, il fallait écouter le chanteur qui promettait l'espérance. Certains avaient l'impression qu'en participant au concert, ils sortiraient indemnes d'un éventuel cataclysme.

Dans les coulisses, se bousculaient le producteur, les stagiaires, les scripts, Anna le bras droit, et la rousse Madeleine le bras gauche. Tous étaient là, y compris les groupies fraîchement embrigadés, chargés de pousser des cris et de lever les bras vers le ciel. Vers neuf heures, les musiciens prirent place dans l'immense fosse d'orchestre et sur la scène s'installèrent chanteuses et chanteurs noirs. Ils bavardaient, fredonnaient, leur naturel gai et contagieux électrisait leur entourage. Jean voulut prier. Il demanda qu'on le laisse seul dans sa loge.

Il avait l'impression qu'Are-Are rôdait tout près, dans le ciel. Il y eut des éclats de lumière au-dessus de la Seine.

***

Au musée d'Art moderne, une technicienne de sol, noire, travaillait dans la pénombre, éclairée de temps en temps par le morceau de lune.

***

Au dixième rang d'orchestre, Christophe irradiait dans la foule sombre : Jean lui avait rendu un fragment de son morceau de lune.

***

Are-Are venait de se heurter à une multitude de messages pointus sur l'une des routes du ciel d'Internet. Sa queue bleuit encore de colère. Ces humains étaient d'une indécence ! Elle avait décidé, pour les agacer, d'effacer le calendrier de la tour Eiffel. « Qu'ils essaient de me transformer en image virtuelle et ils verront le résultat ! » Dieu n'avait plus de prise sur la petite comète rebelle.

Jean apparut sur scène. Il y eut d'abord des murmures, après les murmures des vagues de sons, puis des cris et un hurlement en lame de fond.

— Jean Lemessie ! Jean Lemessie ! Jean Lemessie !

Les projecteurs l'aveuglaient. Il tendit les mains vers le vide devant lui. Le grondement de la foule. La mer. Elle montait vers lui. Il commença à chanter, et sa voix transportait la meute humaine. Derrière lui, les voix des Noirs s'élevaient vers le ciel. Leurs mouvements, prière, jazz, rock, mystifié et mystique, accentuaient la ferveur. La foi devenue mouvement collectif chauffait à incandescence. Souvent en retard, Paris, cette fois en avance, dérivait vers le troisième millénaire.

Jean chantait le texte accommodé au rythme moderne. Alors qu'il planait dans son univers bleu et noir, pendant ces minutes délicates où il marchait comme sur les nuages, il avait l'impression d'avancer vers le but qui lui était confié.

C'était le moment. Il se retourna vers le chœur et lui fit signe de s'arrêter, puis écarta les bras en forme de croix. Un silence de plomb s'abattit sur la salle. Le public retint sa respiration, les groupies restèrent bras en l'air, les producteurs s'arrachaient — ceux qui en avaient encore — les cheveux. De peur. Cette interruption n'était pas prévue. Jean, son corps tendu et bras écartés, ressemblait à une immense croix. Sa voix puissante traversa la salle, emplit, la ville, le pays :

— Il est temps d'entendre la parole de Dieu. Il m'a envoyé sur cette terre éprouvée pour vous sauver. Ecoutez-moi et réfléchissez. Si vous devenez bienveillants avec vos proches, fraternels, prêts à faire des sacrifices, vous pourrez espérer le salut. Aimez-vous les uns les autres, cessez les guerres, montrez-vous généreux et humbles. Les chrétiens qui abordent le troisième millénaire vivront — selon leur comportement — un bonheur terrestre prolongé ou l'Apocalypse. La dernière nuit sera le tournant. Vous avez encore le temps de vous repentir.

Stupeur. Les phrases atteignaient le public au plexus solaire. Les spectateurs auraient peut-être écouté avec indulgence un prédicateur, en vedette américaine, qui les aurait noyés sous un flot de paroles. Mais pas Jean, non. Il était trop calme, trop clair, trop péremptoire, presque hautain. Personne ne s'identifiait à lui. Bientôt une cacophonie recouvrit son message. Obéissant aux signes désespérés des organisateurs, les chanteurs et les chanteuses noirs entamèrent d'autres airs : il fallait distraire le public et surtout apaiser sa colère. L'orchestre jouait avec l'énergie du désespoir. Bientôt la voix de Jean fut complètement submergée par les cris des spectateurs trompés. Ce jour-là, la foule aurait accepté une idole faillible, issue des humains. Elle ne voulait ni Dieu ni son messager.

Bouleversé, perdu, en proie à la révolte de la salle, Jean criait de toutes ses forces :

— Il ne faut plus s'entre-tuer !

Comme une marée montante, le public envahit la scène. Avant l'empoignade fatale, Madeleine et Anna entraînèrent Jean par une porte de côté. Poursuivi, il ne pouvait même plus retourner à sa chambre. Les deux filles, ne sachant où l'emmener, se séparèrent de lui. Il resta seul dans la nuit.

Après une journée passée près d'un pont, caché parmi d'autres marginaux, il fut recueilli par un sans domicile fixe qui végétait dans un abri en tôle ondulée, près des bords de la Seine.

***

Cinq jours après le scandale, plus personne ne cherchait le chanteur-prédicateur disparu. Il y eut d'autres événements. L'homme le plus riche du monde avait éternué, ce qui provoqua en Californie des secousses sismiques avec des rappels jusqu'en Europe. L'automne balayait les rives, le vent aigu mordait. Puis, d'une manière inattendue, un hiver précoce prit le pouvoir. Jean attrapa une pneumonie.

Le clochard, un nommé Martin, qui accueillit Jean le fugitif, était un homme foncièrement bon. Jean, gravement malade pendant des semaines, fut nourri de soupe, de pain et d'amour fraternel. Parfois, dans son délire, il serrait la main de Martin et marmonnait :

— Merci pour la chaleur humaine.

Son âme errait tandis que son corps mortel subissait les accès de fièvre. Martin n'avait aucune autre joie dans la vie que de protéger les nécessiteux. Abandonné par tout le monde, il avait appris depuis des années à vivre par ses propres moyens, avec son chien Bonus. Un ami fidèle, ce chien. Un plus de bonheur dans l'existence. Martin prit Jean sous son aile.

Il avait vaguement entendu des nouvelles de la soirée catastrophique, il n'avait pas très bien compris ce que Jean avait pu dire, mais qu'importaient les mots, il fallait sauver l'homme qui brûlait de fièvre et d'une panique intérieure. Alors Martin expliqua à ses collègues SDF qu'il fallait trouver un toit pour cet homme, sinon il allait mourir. Ils découvrirent, dans un immeuble squatté par les sans-logis — dans un quartier plutôt chic —, des caves éclairées et chauffées par les tuyaux qui les traversaient. C'est là qu'ils avaient transporté Jean. Ils lui firent un lit et Martin devint son père, sa mère, son frère, sa famille.

Quand il lui fit avaler les premières cuillerées de potage apportées d'un « Restaurant du cœur », Jean se sentit réchauffé. Pendant ses crises de fièvre, il avait prononcé les noms d'Odile et de Christophe. Comme Martin savait où la mère et le fils habitaient, il leur rendit visite un soir.

Il frappa à la porte d'Odile et lui communiqua le message que Jean était très malade et qu'il serait certainement heureux de les revoir. Conduits par le clochard, Odile et Christophe se retrouvèrent, après un kilomètre de marche, dans la cave où la lumière était coupée mais où les tuyaux chauffaient encore. A la lumière des bougies, ils découvrirent leur ami Jean gisant sur un lit bricolé mais chaud.

Odile qui avait eu l'intelligence d'apporter une taie et un drap refit la moitié du lit, et quand Jean s'adossa à l'oreiller qu'elle avait installé aussi pour lui, Martin s'exclama :

— Te voilà ressuscité.

Le regard perdu, Jean écouta cette exclamation. Christophe lui dit qu'il avait bien aimé ce qu'il chantait et Odile ajouta qu'elle n'avait pas compris pourquoi la foule était si furieuse. Jean tendit les bras. Il avait ce geste étrange qui rappelait toujours à Odile quelque chose qui lui venait de très loin, une image qui apparaissait et disparaissait dans son esprit, elle ne savait pas laquelle, mais cette image était familière et emplie d'une douceur amère.

Bientôt, c'était Noël. Odile avait apporté un petit arbre, un faux sapin saupoudré de blanc, pour imiter la neige. Christophe avait accroché une étoile en plastique brillant sur la branche la plus haute. Ils avaient déposé ce cadeau et une grande boîte de biscuits près du lit et Odile annonça :

— Ce soir, c'est la naissance du petit Jésus.

« Elle est bien brave, pensa Martin, de raconter un conte de fées à un malade. »

Jean souriait, les yeux voilés d'émotion. Son Père avait dû oublier.

Odile et Christophe repartirent et Jean entreprit une convalescence en marchant à petits pas dans ces caves où les autres SDF lui apportaient secours et nourriture. Ensuite, avec l'aide d'une vieille voiture que l'un d'eux avait piquée dans un cimetière de véhicules et remise en état, ils le ramenèrent au quai de la Seine, à la tanière d'origine de Martin.

Le printemps venant, Jean s'aventura au bord de la Seine, espérant toujours le signal de son Père. Il désirait avec ardeur l'arrivée d'Are-Are. Martin le prévint :

— Fais attention, Jean. Il faut pas te promener comme ça au bord de la Seine. Quand on t'observe de loin, tu ressembles à un Arabe, les gangs les détestent.

— Quels gangs ? demanda Jean.

— Ceux qui sévissent au bord de la Seine. Jeunes et vieux. Petits et grands. Nous ne savons pas qui ils sont, ils portent des masques. Ils guettent les clochards pour les malmener, les tuer. De préférence des colorés.

Martin avait peu de dents et beaucoup de rides.

— Je suis blanc, dit-il. Ça me sauve. Pour le moment.

Puis il ajouta :

— Je veux te défendre, frère. Tu étais si malade... Souvent, en te regardant, je me disais que ton visage me rappelle quelqu'un.

— J'ai joué un rôle dans un film, j'étais sur des affiches.

— Non, dit le sans domicile fixe. Je t'ai vu ailleurs. Mais où ?

— Je ne sais pas.

Jean revivait les malheurs du passé. Dans ce cabanon en tôle ondulée collé au flanc d'un dépôt abandonné, proche du fleuve, il ne fallait pas allumer la lumière le soir, mais des lampes à pétrole comme autrefois. Les gangs cherchaient les victimes et frappaient les clochards pour les éloigner de Paris. Un soir, Martin raconta qu'il avait perdu sa femme dix ans avant. Heureusement, il avait son chien, Bonus. Ce grand bâtard jovial s'exprimait avec son regard.

— Tu n'es pas encore vieux, dit Martin à Jean. Il faut te sauver d'ici.

— J'attends, dit Jean. On doit venir me chercher.

— Qui ?

— Je te le dirai un jour.

Ils vécurent ensemble, Martin et Jean, jusqu'au soir où Jean — endormi sur le vieux matelas que Martin avait trouvé dans une décharge — fut réveillé par le clochard :

— Va te cacher. Le gang arrive. Ils t'ont repéré. Ils te veulent parce que tu n'es pas tout blanc. Je reste. Je préfère qu'ils me trouvent, moi.

— Pourquoi ?

— Parce que, pendant qu'ils seront occupés à me tuer, tu pourras fuir. Vivre.

Jean n'était pas parti à temps — le Fils de Dieu et le clochard furent attaqués par les sauvages, assommés et jetés dans la Seine. Comme Martin se noyait, agrippé à Jean dont la tête était encore hors de l'eau, il prononça :

— J'aurais aimé mourir à ta place. J'ai raté mon coup.

— Sûrement pas ! Tu as réussi le coup du siècle ! cria Jean.

Un immense éclair traversa le ciel, une lumière d'une puissance sidérale aveugla les assaillants. Ils avaient les yeux brûlés.

Are-Are, avec sa queue brillante et généreuse, rafla tout ce qui était sur la Seine par ici. Une péniche, un petit bateau, une barque, une piscine attachée au bord de la Seine. Jean, le Fils de Dieu, fut ramené vers le ciel et Martin entra directement au paradis. Are-Are entendit le chien de Martin pleurer. La bête se croyait abandonnée, elle sanglotait. Are-Are revint et le prit. Bonus, le bâtard, avait rejoint son maître et il reçut sa première caresse de l'ange de service qui posa devant le chien enfin heureux, lui aussi, dans un fragment de météorite, de l'eau de pluie, pure.

***

C'est ainsi qu'un sans domicile fixe sur la terre — parce qu'il avait voulu donner sa vie pour un autre — gagna ses galons d'étoiles dans l'éternité et une niche céleste pour le chien, plus fidèle que l'homme.

***

Une demi-page d'entracte. L'épilogue arrive. Plutôt rassurant. Ne zappez pas. Restez avec moi.

Le temps est traître, certains le voient passer, d'autres l'imaginent immobile. Les fêtes de Noël cette année furent escamotées. L'idée de la naissance de l'enfant divin enchantait les uns et laissait indifférents les autres. Chacun avait sa fête sur mesure dans l'ombre des rumeurs qui se répandaient concernant le passage d'un millénaire à l'autre. La durée devint un magma où fondaient dates, chiffres et périodes. On ne savait plus quelle était la fête qu'on venait de traverser, ni l'année précise, entre le 25 et le 31 décembre, la durée pouvait mesurer une seconde ou une vie.

Effrayés par les rumeurs, les mises en garde prudentes, mais persistantes des radios et les discours prononcés dans des cercles privés par des prédicateurs amateurs, les peuples redoutaient de plus en plus les jours qui les séparaient de l'ère future. Chacun selon son calendrier craignait le passage d'un millénaire à l'autre. Les amis s'avouaient — entre eux — les lieux où ils se dirigeaient. Au début, ils déguisaient leurs craintes en une envie vorace de fêter l'événement. Les amis savouraient les secrets des destinations étranges et s'associaient parfois même pour être quatre ou cinq dans une chambre. Pour se réconforter en cas de... de quoi ?

Une immense migration se préparait. Les spécialistes des questions scientifiques interrogeaient d'un ton détaché les savants, lesquels répondaient dans la plus parfaite langue de bois. Ceux qui se contentaient jusqu'ici de marcher s'entraînaient à courir. Les habitués — par la force des choses — des chaises roulantes espéraient se mettre debout. Les coureurs de fond et les sprinters développaient leur souffle, les grands-mères refusaient de tricoter et les grands-pères ne fumaient plus en cachette. Les ados sillonnaient les trottoirs, dans un chahut de patins à roulettes. Les mariés fraîchement unis et les fiancés gorgés de promesses espéraient un avenir prometteur et évoquaient la force de l'amour pour échapper, indemnes, aux douze coups de minuit de cette nuit si lointaine, si proche.

Harpa le malin travaillait sans s'arrêter une seconde. Il était l'un des ouvriers de l'Apocalypse, que le diable gardait en réserve pour faire peur même aux athées, aux agnostiques et aux incertains — les pires.

Les continents — selon leur situation géographique — traverseraient la nuit fatale à une heure différente. Les opulents ne cessaient de faire calculer les probabilités à l'aide des ordinateurs, ils payaient en or les informaticiens. Dès que ceux-ci leur communiqueraient les résultats, les riches se précipiteraient vers les zones qui auraient déjà traversé l'épreuve de la nuit considérée comme fatale. Les cours de la Bourse fluctuaient. Les paris chez les bookmakers flambaient. Des actions de vie s'arrachaient à des prix vertigineux, tandis qu'on bradait les actions « risques ». Les maisons ne se vendaient plus : si la terre s'ouvrait juste en dessous et avalait les bâtiments ? Les tours qu'on terminait s'élevaient de plus en plus haut — était-ce vers le ciel ou dans un vide à l'envers ? Les promoteurs bradaient, à tour de bras.

Tout était déjà loué partout chez les habitants de tous les pays, mais ceux qui louaient s'apprêtaient à partir, ayant eux aussi loué ailleurs. Les habitants du Venezuela faisaient monter les prix par fax dans les hôtels de Londres, beaucoup d'Anglais se préparaient à se réfugier en Inde. Certains British glissaient des pièces d'or dans des enveloppes et les expédiaient pour être sûrs que les loueurs leur gardaient des places pour la nuit fatale.

Les usines de sacs de couchage faisaient des bénéfices inespérés et ceux qui savaient faire du fric ramassaient des fortunes en faisant fructifier la peur. L'idée ou la perspective de la fin du monde rapportait. La peur universelle rendait l'humain plus lâche que d'habitude. Les loubards, les skinheads et les porteurs de violence en général se terraient, craignant de plus violents qu'eux. Les automobilistes abandonnaient leur véhicule devant les feux rouges d'une durée anormale. Et si les signaux étaient déjà bloqués à cause des forces magnétiques de la Fin ?

Les pays dont le jour correspondait à la nuit dans d'autres pays proposaient, à un prix d'or, des accords de vie. Ils logeraient les réfugiés venant des territoires gagnés par la nuit. Cette nuit redoutée mènerait-elle vers le ciel étoilé ou vers l'enfer habité d'ombres et de désordre, comme proféraient jadis les sages ? Ombres et désordre, quelle peine !

Les savants se torturaient les méninges : l'être humain capable de progrès scientifiques, qu'allait-il faire en état d'apesanteur, seul dans l'univers ? Des culbutes ? N'était-il pas lui-même à l'origine du plus immense désordre, conséquence de sa curiosité, sa voracité, son impatience, sa cupidité ? Quelles étaient les probabilités d'existence de l'au-delà et de l'en deçà, de l'au-dessus et de l'en dessous ?

***

Au même moment — transposés dans un système divin libre de toute considération de durée — le Fils découvrit le Père de fort mauvaise humeur.

— Puis-je connaître la raison ?

— Premièrement, le robot sur Mars. Les rares descendants des Martiens prient pour que j'arrête le robot. Ils détestent la curiosité des Terriens. Les Martiens s'entassent dans des abris pour ne pas être photographiés. Ils ont peur du débarquement des Terriens. Le soleil est furieux : lors de la dernière éclipse, ses bords dépassaient ceux de la lune écorchée. Le soleil est en ébullition à cause du désordre des galaxies.

— Père, dit le Fils, l'humanité mérite votre clémence. Vous n'avez pas pu oublier votre promesse. J'ai trouvé plus d'un juste. Tout un groupe m'a sauvé.

— J'aurais dû en exiger plus pour sauver l'humanité. Heureusement, j'ai une raison supplémentaire de leur accorder la rédemption.

Il soupira. Aussitôt, un cyclone d'hiver balaya une île des Bahamas. « Mauvais présage », dirent ceux qui craignaient pour la saison touristique et leur fin du monde à eux. Dé-ca-lée.

Mais en vérité, dès le moment où le plus pauvre des Français s'était sacrifié pour sauver le Fils de Dieu, le Père, fidèle à sa promesse, cherchait ceux par qui il ferait renaître l'espoir. Son regard se dirigea vers le Liban. De cette région, depuis des jours et des jours, la prière d'une femme l'atteignait. Il l'écoutait avec attention parce qu'elle le suppliait de l'aider à accoucher de son enfant, quelque part, à l'abri. Cet enfant pourrait être celui de toute l'humanité. Sans distinction d'ethnie, de couleur, d'éventuelle religion déjà acquise. La femme priait pour son enfant, pour son mari, pour leur chien.

Selon la direction des dernières prières, la femme, l'homme et le chien s'approchaient, dans l'après-midi du 31 décembre 1999, du sud du Liban. Dieu les suivait de son regard qui traversait l'espace, balayait les nuages et se frayait un passage dans le désordre tumultueux de la couche d'ozone abîmée.

***

Ce même après-midi du 31 décembre 1999 sombrait dans le délire. Les incorrigibles adeptes des chapeaux pointus en papier brillant rouges, jaunes ou verts, préparaient d'immenses bouffes ; des Russes clandestins, rigolards, faisaient du porte-à-porte avec des boîtes de caviar arraché du ventre des derniers esturgeons dépecés vivants.

Un écologiste s'attaqua aux grillages d'un élevage de chiens. On y faisait naître des chiots par accouplements calculés, on les soignait et peut-être même on les cajolait avant de les vendre aux laboratoires qui pratiquaient la vivisection pour tester des produits de beauté.

Le jeune Jérémie avait ouvert les portes, les trappes, les cages, il taillada les barrières avec ses grands ciseaux ; femelles, mâles et chiots s'éparpillèrent dans la nature. Il faisait déjà presque ocre, marron et gris, leurs silhouettes se fondaient dans l'ombre. Ils étaient libres. Ce Jérémie ne vivait pas au nord de Jérusalem, comme le premier qui avait rendu ce nom célèbre, mais en France.

En guettant le crépuscule qui ne cessait d'épaissir, les croyants affolés priaient, en priorité pour eux-mêmes. Dieu en avait assez des égoïstes. Il n'écouta donc que la femme qui se dirigeait avec son gros ventre vers la frontière israélo-libanaise. Lors de ces heures opaques, toutes les chaînes de télévision du monde se préparaient au reportage du siècle. Si c'était la fin du monde, on la filmerait en direct. Qui regarderait ensuite ? Qu'importe ! Les présentateurs vedettes s'accrochaient à leur place, ce n'était pas le moment de laisser les écrans aux remplaçants.

Certains centres logistiques de calcul du temps — à la suite d'un virus lâché par un spécialiste moqueur — se brouillaient. Les bords de la faille de San Andreas se mouvaient comme des lèvres formant : « adieu ». N'importe quel gigantesque tremblement de terre pouvait survenir sans avertissement. Même pas un signe avant-coureur. Sauf l'imagination et la superstition.

***

Le coucher de soleil européen sombrait dans une immense fausse gaieté, les bals populaires envahissaient les places célèbres. Les participants se posaient sur la tête des couronnes en papier comme pour le jour des Rois. Une vedette de cinéma se fit photographier avec un diadème en vrai or. Non assuré. Les voleurs ne volaient plus et les très riches pensaient à leurs cercueils insubmersibles capitonnés de dollars. D'autres essayaient des vêtements ignifugés. Quelques-uns contemplaient fièrement des billets et des réservations pour le dernier train, le dernier avion, la dernière voiture. Pour aller où ? Sur les routes, des embouteillages exceptionnels mettaient la circulation au pas.

Les uns se précipitaient vers le pôle Sud — pas de nuit —, d'autres vers le pôle Nord — déjà la nuit. La peur réveillait l'imagination même de ceux qui avaient l'esprit voué juste à l'enregistrement des faits. Vers dix-huit heures, pour les amateurs du contrôle de soi, pour les pratiquants de l'autodiscipline mentale, les ordinateurs projetèrent des images virtuelles. Surtout des chutes d'étoiles. Les très riches regardaient — en tournant lentement sur eux-mêmes dans d'immenses auditoriums — des images géantes. On leur montrait la nuit finale. L'angoisse avait tellement épaissi l'air que les avions restaient suspendus dans le vide et dans le temps.

Ceux de la bande de Gaza ne craignaient et n'espéraient rien. Ils y naissaient et y mouraient réfugiés. Dans la bande de Gaza, personne n'avait fait de réservation pour cette nuit du 31 décembre 1999. Pourtant c'était le lieu choisi par Dieu pour tenir sa promesse et essayer — une ultime fois — de sauver l'homme. Son Fils unique avait rencontré un juste. Grâce à celui-ci, Dieu ferait preuve d'indulgence. Pourtant, ces hommes-poussières qui s'agitaient en bas étaient si agaçants. Eh bien, grâce à une femme enceinte qui ne priait que pour les autres, l'humanité connaîtrait un sursis.

Le couple arriva à la frontière libano-israélienne vers dix-huit heures trente. Il faisait froid, des flocons de neige sillonnaient l'air. L'homme avait une petite valise, la femme peinait et le chien était pelé. La voiture, une épave sur quatre roues, roulait quand même, elle n'avait de problèmes qu'au démarrage. L'homme, pour ne pas rester bloqué, ne s'arrêtait pas de rouler. Il allait dans une direction que lui transmettaient les ondes. Il fallait traverser Israël et continuer encore.

Lui et sa femme étaient d'une ethnie difficile à définir. Quand la couleur n'aide pas, il ne reste que le regard — peu de chose face aux douaniers et aux militaires. Leurs papiers d'identité ? Des apatrides. Ces gens prétendaient vouloir seulement traverser la Terre sainte et continuer ensuite. Pour aller où ? L'homme avec sa petite valise sur le siège arrière, la femme avec son gros ventre et le chien fatigué n'étaient pas suspects. Les détecteurs de métaux ne signalaient ni bombes, ni grenades, ni d'autres armes camouflées dans leur coffre au capot maintenu par des cordes usées. Les militaires israéliens, las de se tenir sans cesse aux aguets, les avaient laissés passer.

Ils n'étaient ni assez blancs, ni assez colorés, ni assez typés, ni assez argentés, ni assez pauvres pour qu'on se préoccupe d'eux. Juste des réfugiés errant d'un pays à l'autre comme le sable tombe d'un côté et de l'autre du sablier. Depuis des semaines et des semaines, chaque fois qu'ils voulaient s'arrêter quelques jours, on les chassait : « Avancez, avancez, il n'y a pas de place, ni pour le jour, ni pour la nuit. » Ni les motels, ni les petits logements, ni les gens avec cœur, ni les démunis de cet organe ne voulaient d'eux. Pas de place.

En traversant Hébron, ils croyaient encore avoir le temps d'arriver ailleurs. Vers un abri, plus loin. Ils ne frappèrent à aucune porte chez les Arabes, non plus que chez les chrétiens. Toujours la peur que la voiture ne redémarre pas s'ils s'arrêtaient. Dieu hocha la tête. Sans doute le couple voulait-il atteindre Gaza. L'homme connaissait la raison, pas la femme. Gaza ? De là-bas, on sortait difficilement, mais y entrer ? Un jeu d'enfant.

Leur voiture était si rouillée, leur chien si maigre, leur valise si petite et le ventre de la femme si gros que les habitants de la bande de Gaza eurent pitié d'eux lorsqu'ils demandèrent un abri pour la nuit. Un pauvre a toujours quelque chose à donner à un plus pauvre. Un bol de soupe. Un ancien agriculteur qui n'avait plus que le souvenir de sa terre les avait hébergés dans son hangar qui servait de dépôt aux pensées inutiles figées sur papier. Que de documents secrets étaient passés ici par des machines à manger le papier ! On y met une feuille, elle ressort hachée. Ceux qui ne voulaient pas livrer leurs secrets aux fureteurs de la fin du monde avaient installé ces machines à broyer, grandes comme des silos. En prévision de l'Apocalypse, les recherches si inutiles et si coûteuses du dernier siècle étaient ici, bourrées dans des sacs de jute, en lamelles.

Le hangar était une décharge de secrets mâchés, transformés en filaments de papier, comme de la paille. Des pensées savantes, des résultats faux, des négations absolues, des affirmations péremptoires, des dossiers contenant les conclusions de recherches anéanties par peur étaient déversés chez les minables ; ils allaient pouvoir utiliser ces sacs comme matelas.

Le couple et le chien s'étaient allongés sur ces sacs bourrés de papiers mous, donc confortables. Le chien avait faim, il avait lapé le fond de la soupe qu'on leur avait apportée. L'homme était soucieux, la femme ressentit les premières contractions.

Dans cette région, il y avait autant de maisons consacrées au Dieu unique que de façons différentes de le vénérer.

— Tu m'as dit qu'on est à l'endroit au monde où il y a le plus de religions, demanda la femme. Nous, on est quoi ?

L'homme ouvrit ses bras comme pour tout étreindre ou tout lâcher :

— Nous ne sommes rien. Nous n'attendons rien.

— Si, dit-elle. Un enfant.

— Quel sera son destin ? s'interrogea l'homme. Quelle responsabilité de l'avoir conçu...

La femme continua :

— Nous l'avons voulu tous les deux. Pour qu'il nous aime. Ce serait si bien de sentir l'amour des proches. On n'a pas de proches, nous.

L'homme posa sa main sur la tête du chien :

— Lui. Il nous aime.

A l'extérieur, tout était maintenant recouvert de neige, il n'avait pas fait aussi froid depuis des décennies sur cette terre. La bande de Gaza paraissait virginale sous la neige. Les flocons caressaient les visages tendus vers le haut, d'où tombait enfin la pureté.

Puis la femme fut prise de douleurs violentes, mais plus supportables pour elle que pour celles qui n'ont jamais souffert. Elle allait accoucher. L'homme courut appeler les femmes de la bande de Gaza, et bientôt les vieilles et les jeunes arrivaient avec leurs torchons, leurs bassins et leurs seaux d'eau. Il n'y avait pas d'antibiotiques ni de désinfectant, pas d'hygiène non plus. Il n'y avait rien que la vie et la mort. Et le choix ne dépendait pas d'eux. A part les femmes qui luttaient pour la vie, dans ce hangar, il n'y avait personne que l'homme qui, pudique, tourna le dos, et le chien, inquiet.

Aux douze coups de minuit, s'éleva au-dessus de la terre un immense cri, étouffé aussitôt sous une chape de silence. Alors un petit vagissement résonna dans le plus vaste silence que le monde ait jamais connu. A travers la surdité universelle voyageait un son, le minuscule pleur d'un nouveau-né tout maigre. Le couple avait son enfant. Le chien posa sa tête entre ses deux pattes avant.

Quel chahut ! Lorsque les hommes découvrirent qu'on était le 1er janvier 2000, vivants, ils nièrent tous leur peur des jours passés. Les cloches, les cornes de brume, les éclairs artificiels, les feux d'artifice s'entrechoquaient. Le lendemain, les riches qui avaient fait des paris de vie étaient devenus plus riches, les pauvres, restés pauvres, défaisaient leur balluchon et les Africains continuaient à s'entre-tuer. Il y avait des squelettes partout et des ordures, et des étoiles, et des grands bonheurs, des petits bonheurs et tout continuait, les guerres, le fric, les voyages interplanétaires. Mais alors quoi ensuite ? C'est tout ? Non !

***

La troisième nuit après celle du 31 décembre 1999, Harpa, le génie qui avait mal tourné, donna le signal aux représentants d'un pouvoir d'Amérique centrale. Une fusée clandestine partit pour la lune. Harpa avait vendu ses alliés et financiers pour trois camionnettes de pierres précieuses. Les comploteurs d'Amérique centrale payaient mieux que les autres.

La fusée surchauffée, mal orientée, voyageait en zigzag dans le grand vide bleu et argent, puis, avec un fracas sidéral, sans aucun ménagement, ni précaution, ni douceur métaphysique, elle se planta en plein dans le Point Faible. Même Dieu sursauta. Sa paix, due au bonheur de la femme qui priait en le remerciant pour la vie du nouveau-né, était dérangée. Traversant une galerie de nuages, son Fils vint le rejoindre. En face d'eux, il n'y avait plus de lune. Les morceaux de l'astre tombaient dans l'espace.

— Tu vois, dit Dieu, ils sont irrémédiablement stupides. Ils resteront dans l'obscurité pour toutes les nuits futures.

Are-Are venait de passer, affolée :

— Il n'y a plus de lune !

— Ramène les morceaux, lui dit Dieu.

Pour la première fois, Dieu reconnaissait l'intelligence d'Are-Are, devenue une comète à part entière. En sillonnant le ciel à la recherche des morceaux de lune, elle apprit avec une satisfaction rare qu'une information la concernant circulait sur l'une des voies de l'Internet. Elle traversa les ondes et recueillit dans son noyau dur les éléments essentiels. Les voici, arrivés de la source profonde de la Torah — l'histoire de ses origines et la légende de son nom :

Un astre issu de Jacob devient chef,
un sceptre se lève, issu d'Israël.
Il frappe les tempes de Moab
et le crâne de tous les fils de Seth.
Edom devient un pays conquis ;
pays conquis, Séïr.
Israël déploie sa puissance.
Jacob domine sur ses ennemis
et fait périr les rescapés d'Ar.

La trahison de Harpa découverte, il fut condamné pour crime contre l'espace, que certains fervents avaient consacré divin. Are-Are, que l'amour-propre et son passé reconnu rendirent encore plus remarquable, avait reconstitué avec les morceaux rattrapés dans l'univers une demi-lune. Elle aida ainsi à la survie des loups-garous, des serial killers, des animaux, des poètes, des savants désespérés de leur inefficacité et des fabricants de télescopes. La demi-lune, consciente de ses responsabilités, ponctuait dorénavant les demi-marées, les demi-aveux, les demi-bonheurs, les demi-chagrins.

Les Terriens qui avaient trouvé des morceaux de lune dans leur jardin, grenier, cour, puits, toit, leurs arbustes, bosquets et champs fertiles devinrent célèbres, mais plus aucune envie d'argent n'empoisonnait leur existence ; où se trouvaient les morceaux de lune, le bonheur s'installait : gratuit. Une seule fois, après une méchante dispute entre un homme et une femme, le débris de lune fondit et disparut. La misère revint.

Dorénavant, ceux qui en possédaient — de ces fragments — se montraient bons, généreux, accueillants, ils rendaient la nature heureuse et les animaux aussi... pour sauvegarder leur morceau de lune ! Seul le soleil était désemparé, lors des éclipses, il ne pouvait plus se cacher derrière la demi-lune. Il cherchait une solution. Les Américains projetaient d'envoyer une moitié de lune artificielle. La lune refusa ce dépannage avec un demi-sourire.

***

Odile, grâce à son morceau de lune et aux belles phrases de Jean Lemessie dont elle gardait le souvenir, était considérée désormais comme une intellectuelle. A Paris, c'est quelque chose ! Une promotion. Elle fut nommée professeur d'astrologie pratique. Le directeur de l'Institut, tombé amoureux d'elle, la demanda en mariage et proposa son nom à Christophe aussi. Un morceau de lune construisit une famille entière. Christophe décida de devenir gardien de forêts et de se consacrer à la défense des arbres. Dans chaque région où se trouvait un morceau de lune, on ne tuait plus, ni êtres humains, ni animaux. L'Afrique baignait dans une lumière si claire que les braconniers aveuglés avaient abandonné leurs armes. La vie se réinstallait.

***

Les habitants de la bande de Gaza, enfin éclairés grâce aux morceaux de lune, avaient bien soigné la femme. Au bout d'un temps pris à l'infini, le couple s'apprêtait à repartir. L'homme donna les quelques pièces d'argent qu'il avait à ceux qui leur avaient prêté le hangar. Un vieux leur conseilla de déclarer la naissance de l'enfant. Sinon, en cas de besoin, comment prouverait-il son âge ?

— Quand on n'est rien et quand on n'a rien, à qui faut-il déclarer qu'on existe ? Pour avoir un certificat d'apatride de plus ?

Le peuple de la bande de Gaza n'avait pas d'officine pour recueillir une déclaration, ni un registre où on pouvait inscrire un nouveau-né. Le couple à la recherche d'une identité pour l'enfant découvrit enfin, après une longue errance, une porte ouverte. Elle donnait accès à la sacristie d'une des églises catholiques de Jérusalem. Le curé reçut le couple ; intéressé et touché par leur humilité, il les écouta. Après une courte réflexion, il alla enregistrer la déclaration dans son grand livre posé sur un pupitre. Ayant retrouvé un stylo vieillot, prêt à écrire, il demanda le nom du père :

— Joseph.

— Et la mère ?

— Marie.

— Bien, dit le curé, étonné. Et quel nom voulez-vous pour l'enfant ?

Il écouta le silence des parents.

— Il nous faudrait aussi un parrain et une marraine, continua-t-il. Je vais baptiser ce nouveau-né...

L'homme dit doucement :

— Oh non ! Un baptême a eu lieu il y a deux mille ans. Vous connaissez le résultat. On ne recommence pas la même histoire. Laissons cet enfant grandir libre. Il décidera lui-même de son destin. Il choisira son appartenance. Inscrivez seulement : un enfant mâle né la nuit du 31 décembre 1999 dans la bande de Gaza.

Intrigués par cette naissance le 31 décembre 1999, l'imam et le rabbin les plus proches avaient rejoint le curé afin d'analyser ensemble l'événement. Il faisait beau et, pour se trouver en dehors des territoires strictement religieux, ils se déplacèrent et s'arrêtèrent à un carrefour d'où partait la route vers le mont des Oliviers. Ils aperçurent la petite voiture qui s'y dirigeait. Le véhicule prit une couleur perle, puis passa sous un arc-en-ciel. Un arc de triomphe. Triomphe de la vie. Les trois personnages respectables des trois religions s'exclamèrent :

— Quel magnifique arc-en-ciel !

Les couleurs en étaient si puissantes qu'elles teignaient la main tendue de Marie en rose, mauve et bleu. Le couple avec l'enfant qui n'avait pas de nom entra sous une coupole de couleur. Et dans l'Histoire. Chacun son éternité.

***

— Et ça repart, dit Dieu à son Fils. Cet enfant est la dernière chance offerte à l'humanité. Il n'appartient à personne, donc il est à tout le monde.

— Père, mon voyage a quand même servi ?

— Mille ans de sursis. Sans toi, ç'aurait été...

Il y eut un grand chahut sur la Voie lactée. Dieu hocha la tête :

— Encore un carambolage ! Bref, grâce à toi, il nous reste une demi-lune et un petit enfant. C'est plus que ce que je pouvais espérer. Et maintenant :

RIDEAU

CINQ ÉPILOGUES

SUIVIS
D'UNE BIO-BIBLIOGRAPHIE
DE CHRISTINE ARNOTHY

Ce projet n'aurait pu voir le jour sans l'initiative de Madame Roseline Bellier-Jos, professeur de Lettres classiques au lycée-collège d'Arsonval de la ville de Brive, et des élèves de sa classe de 4^{e}l : David Bonneval, Angélique Bourg, Virginie Brissard, Guillaume Burel, Cyrille Charles, Sarah Coquillaud, Romain David, Laure-Marie Delbru, Mathilde Didier, Marie-Lou Faurisson, Céline Gauvain, Luc Gueriteau, Alix Huyghues-Despointes, Géraldine Labrousse, Romain Larbre, Anna Letzelter, Anne Lubrano, Charline Malaval, Marion Martinie, Yaya Niang, Aurore Orfeuil Arti, Juliette Pompignac, Axel Pouzet, Guillaume Tigé, Magalie Trimoulinard et Philippe Vialle.

Soulignons également le soutien essentiel du proviseur du lycée-collège d'Arsonval, Madame Colette Gressin.

AVANT-PROPOS.

On ne préface pas un «cahier collectif» comme celui-ci ; tout au moins peut-on trouver convenable de présenter au lecteur appelé à sa fréquentation, son projet et sa conception, sa démarche et sa méthode.

C'est par un clin d'œil du destin que ce récit de Christine ARNOTHY, *La Dernière Nuit avant l'an 2000*, est parvenu au cœur de la France, dans un collège de Brive, en Corrèze. En nous offrant cinq exemplaires de sa dernière œuvre Christine Arnothy nous invitait à y réagir avec sincérité, nous incitant par là aussi à créer à notre tour — interactivité inhérente à l'acte de lire et d'écrire..

Malice du sort aussi que ce choix que nous avions fait un an auparavant, en classe de 4e, de la première œuvre de cet écrivain, pour initier nos élèves à la pratique vidéo. *J'ai 15 ans et je ne veux pas mourir*, dont l'action se déroule dans les caves d'un immeuble hongrois, en 1944, nous permettait de tourner dans le décor «naturel» des souterrains de notre établissement. Notre film *Pista* nous permet d'inaugurer une correspondance entre Christine Arnothy et les classes dont nous avions la charge, échange qui se prolongea, en 1997, autour de son « petit météorite tombé ».

Voilà brièvement évoquées les circonstances qui nous ont valu d'étudier, sur deux ans, la première et la dernière œuvre de Christine Arnothy, itinéraire passionnant, jalonné des constantes d'authenticité, de foi en la vie et d'humanisme, itinéraire d'une femme chaleureuse qui doit à son humour et à sa force créative cette aptitude à traverser les inévitables épreuves de l'existence.

Notre méthode ?

Le plus difficile a été de concilier le recul nécessaire à la lucidité et la sympathie indispensable à la compréhension d'une œuvre qui défie les étiquettes et les appariements. Nous nous sommes efforcés de l'aborder par les accès les plus variés, voie royale et chemins creux, graphisme et infographisme, réactions spontanées et étude méthodique.

Un premier échange d'impressions de lecture fut faxé ; Christine Arnothy y répondit en exprimant son bonheur de « rencontrer, par fax interposé, un professeur de lettres, ... un peu une aventurière intellectuelle, tout ce que souhaite le rythme de notre époque ». Une étude méthodique fut ensuite proposée à nos élèves, élaboration des schémas narratif et actantiel de l'œuvre, analyse thématique, définition du genre, étude des protagonistes. Souvent déçus, dans l'épilogue du récit, par la générosité de Dieu qui accorde une seconde chance aux humains déchus, ils ont écrit, à leur tour, en « suite de texte », leur propre épilogue, celui qui reflète leur vision de l'avenir, leurs angoisses, leurs espoirs. Certains se sont pris à rivaliser d'humour avec leur romancière... Certes leur jugement tenait plus souvent de l'Apocalypse dont un passage leur avait été « dicté », mais d'autres ont voulu prendre à défaut Dieu le père, s'essayant, dans un dialogue argumentatif, à lui rappeler ses responsabilités de démiurge !

Ces travaux communiqués à Christine Arnothy l'ont déterminée à venir rencontrer ses jeunes lecteurs et les acteurs du film *Pista*. L'entreprise était délicate de mettre en relation un écrivain et des adolescents, parce qu'elle ne devait être décevante ni pour l'un ni pour les autres. L'échange et la coopération qui peuvent s'établir entre un livre et son lecteur supposent en effet un minimum de caractéristiques et de références communes sans lesquelles il n'y a pas de dialogue ou de dialectique entre la stratégie de l'écrivain et la réponse du lecteur. En cas d'échec, la fracture qui isole l'école de la littérature aurait peu de chances de se réduire.

Fidèle à sa parole, Christine Arnothy est donc venue à Brive, en novembre 1998. Nous savons désormais que ce choix et ce partenariat furent pertinents. Il a dépassé nos espérances tant la conversation fut libre, indiscrète parfois, enrichissante souvent par sa curiosité et sa profondeur ; tant a été stimulante aussi la découverte en l'auteur d'une femme gaie, enthousiaste, avec un esprit en constante création, proche de nous et d'une extrême simplicité.

Tous ces travaux littéraires des élèves, souvent illustrés par eux, ont fait l'objet d'une exposition que Christine Arnothy et le directeur littéraire des éditions « Pocket », François Laurent, ont pu apprécier ainsi que le public, lors d'un reportage de FR3 Limousin. La proposition faite par l'écrivain d'éditer leurs travaux a comblé de joie élèves et parents, d'angoisse leur professeur conscient des imperfections de ces réalisations.

« Alea jacta est » ! Qu'il nous soit permis alors de rendre hommage à une personnalité et à un écrivain qui rencontre un franc succès auprès de nos jeunes. La spontanéité de son écriture, sa jeunesse nous ont semblé détenir les clés d'une vie, de l'histoire intérieure de son auteur : son message permanent de tolérance, d'amitié entre les peuples, sa dénonciation du racisme, de l'égoïsme sont porteurs d'un message d'espoir pour une jeunesse souvent déboussolée, privée de repères, à cet âge où l'on se cherche en se mesurant à autrui.

Que la lecture de cette étude collective fasse partager aux lecteurs de Christine Arnothy notre découverte, et les incite à rencontrer à leur tour cette romancière passionnée par le présent, le futur et la création de chaque instant.

Roseline BELLIER-JOS
Professeur de Lettres classiques au collège d'Arsonval, Brive (Corrèze).

ÉPILOGUES DU ROMAN DE CHRISTINE ARNOTHY

Sarah Coquillaud, Laure-Marie Delbru,
Marie-Lou Faurisson,
Alix Huyghues-Despointes, Charline Malaval,
Marion Martinie et Guillaume Tigé.

ÉPILOGUE 1

« Une demi-page d'entracte. L'épilogue arrive. Pas rassurant. Ne zappez pas. Restez avec moi »...

Ainsi, pour la seconde fois, le Fils rejoignit son Père sans avoir pu être compris des hommes. L'homme,... cette créature de Dieu qui se révèle un échec total. « J'ai créé pourtant les êtres les plus intelligents sur Terre », déclara Dieu à son Fils, « si eux n'ont pas compris le message que je leur ai envoyé par mon Fils, et par deux fois, alors à quoi bon les laisser vivre ? Livrés à eux-mêmes, ils se détruiraient de toute façon. Je ne peux supporter le poids de cet échec et je dois anéantir l'homme maintenant et corriger ainsi mon erreur. Car la création de l'être humain est là ma seule erreur, mais si fatale !... Je t'avais promis de laisser vivre les humains si tu trouvais un "juste" parmi eux. Or l'acte le plus inconscient des hommes est de vous avoir tués tous deux. Ils sont à présent impardonnables et ont eux-mêmes décidé de leur sort en effaçant ma promesse. »

Dans le silence infini de l'univers, parmi des milliers de constellations, Dieu, désemparé, désabusé, prononça ces extrêmes et dramatiques paroles : « *Maudits soient les hommes.* » Alors aux côtés du Père et du Fils, Martin, perplexe, fut horrifié lorsque Jean prononça comme en réponse : « Amen. »

Désespéré, le Père brandit sa main et la plaça entre le Soleil et la Terre, voilant ainsi l'astre du jour et privant les humains de la lumière essentielle à la vie.

Et le jour disparut.

Les hommes ne furent pas inquiets pour autant, quelque peu étonnés seulement. Ils avaient tant confiance en leurs scientifiques, qu'ils s'étaient persuadé que jamais rien ne leur arriverait. Mais lorsque ces scientifiques leur avouèrent qu'ils ignoraient la raison de la disparition du soleil, la panique commença à s'installer. La veille de l'an 2000. En quelques instants, avec vélocité, un vent violent se leva, soufflant sur la planète entière.

Les végétaux se desséchèrent à vue d'œil avant de mourir les uns après les autres.

Le vent devint tornade puis ouragan, détruisant tout, déracinant arbres, maisons, immeubles. Des gratte-ciel de Manhattan à la tour Eiffel, en passant par la Statue de la Liberté, tous les monuments les plus gigantesques et qui jusqu'alors émerveillaient tous les hommes furent réduits à de grossiers blocs de béton et de pierre. Où qu'ils se fussent trouvés tous les hommes demeuraient à cet instant « égaux » devant les forces incontrôlables de la nature.

Le vent cessa subitement.

Pendant plus d'une heure, son souffle ravageur avait emporté sur son passage des millions de vies humaines. Plongé dans une nuit infinie, le paysage était cauchemardesque. Parmi les survivants, tous réalisèrent enfin qu'ils n'étaient pas les plus puissants sur terre, et que même grâce à des inventions, aussi perfectionnées soient elles, ils ne pourraient jamais lutter contre les forces de la nature. Ils se représentaient à présent comme des créatures vivant sur Terre au même titre que les animaux et les végétaux. Ce fut une révélation qu'ils fussent croyants ou athées, tous comprirent leurs erreurs, impardonnables.

Dieu fut soudain pris de remords, mais la fin du monde était déclarée et devait se poursuivre.

Des pluies diluviennes s'abattirent sur Terre. Mais ces pluies torrentielles auparavant bienfaisantes, qui abreuvaient et nourrissaient les sols arides et asséchés, redonnaient vie à la flore par leurs cascades pétillantes et joyeuses et, ressuscitant les végétaux, ces mêmes pluies allaient en ce jour apporter la mort. Effroyable contraste, mais pourtant bien réel. Pendant que ces eaux inondaient les cinq continents, des cris perçants d'épouvante et de stupeur remontaient jusqu'au Dieu tout-puissant, s'imprégnant en lui. De nombreuses victimes moururent noyées, mais le spectacle qui allait être offert aux survivants était bien pire encore.

Les océans se déchaînèrent, laissant se succéder typhons, tempêtes et raz de marée. Des éclairs déchirèrent le ciel. Terrorisé par toutes les souffrances éprouvées par les hommes, Martin détourna son regard. Depuis maintenant trois jours, il contemplait la destruction du monde. Humblement il interrogea Dieu : « Seigneur, pourquoi les laissez-vous endurer tant de souffrance. » Dieu répondit alors : « Cette Terre que j'ai créée et qui m'a renié, je la détruis. Je viens de détruire le jour, les végétaux, puis les animaux. À présent les océans vont disparaître.

C'est exactement le déroulement inverse de la création ; mais je laisse l'homme endurer ces événements seul : il m'a rejeté, prétextant ne pas avoir besoin de moi. Qu'il assume sa décision. »

Et bientôt, les océans disparurent.

Ce fut l'accalmie durant deux jours pendant lesquels la température de l'atmosphère s'éleva progressivement jusqu'à devenir accablante et insupportable pour les centaines de survivants... seulement des centaines.

C'est alors que la terre trembla ; elle trembla durant une minute qui parut durer un siècle. Les hommes étant arrivés au paroxysme de leurs efforts et à leur ultime limite, tous les survivants moururent pendant la secousse. Puis ce fut la fin : tous les volcans entrèrent en éruption. Alors la Terre devint si chaude qu'elle explosa. Le spectacle était fantastique : en sept jours, la planète bleue avait viré du bleu au gris, du gris à l'orangé, de l'orangé au rouge sang, puis elle éclata comme un feu d'artifice, illuminant une infime partie de l'univers.

Et la Terre disparut... Plus de planète bleue, plus d'hommes, donc plus de vie... Rien... Rien... Le néant et le calme infini...

Plus de vie ? Comparons l'univers à un corps humain, composé de milliards de cellules. La disparition de la Terre n'est en fait que la mort d'une cellule. Et il en reste encore des dizaines de millions de semblables !...

ÉPILOGUE 2

« Une demi-page d'entracte. L'épilogue arrive... Ne zappez pas. Restez avec moi. »...

Jean arriva et trouva son père assis, la tête entre les mains, plongé dans un profond désarroi.

« — Père, s'écria-t-il, la Terre se détruit ! C'est fini, c'est trop tard ! Il n'y a plus rien à faire, aucun secours ne peut être octroyé.

— Je sais, répondit Dieu tristement.

— Dans quelques années, ils n'auront plus d'eau ; cette eau si chère et qui leur est pourtant nécessaire, ils la gaspillent sans scrupules ni regrets... »

Un long silence interrompit la discussion. Jean n'osait plus parler, de peur de blesser son père encore plus profondément. Mais il reprit tout de même :

« — De plus, ils arrachent des arbres, que dis-je, des forêts entières ; cette déforestation anarchique est absurde et suicidaire. Elle provoque de plus en plus d'inondations et de glissements de terrain mortels. Ils ont oublié que chaque arbre déraciné les prive d'un peu plus d'oxygène. Bientôt les hommes mourront asphyxiés, par centaines de milliers. »

Dieu pour la première fois pleura, il avait bel et bien « raté l'homme ». Mais Jean imperturbable, continua, le cœur gros :

« — De plus, des maladies telles que le sida, le cancer, et bien d'autres se répandent à allure vertigineuse. Des hommes meurent, même de la grippe. Ils sont incapables de contrôler les centrales nucléaires qu'ils ont créées. Le nuage de Tchernobyl a survolé toute l'Europe, si ce n'est le monde entier, et vous savez quelles en sont les conséquences !

Jean s'arrêta comme pour reprendre son souffle, observa son père et ricana.

« — Le domaine où ils sont le plus performants, c'est la guerre. Ils sont sans cesse en train de découvrir de nouvelles technologies pour se déchirer et se détruire. Et je ne parle même pas des déchets radioactifs qu'ils n'arrivent pas à éliminer !...

Le fils de Dieu marqua un silence, l'envie de rire lui avait passé.

« — Mais, père, l'horreur atteint son apogée, dans leurs trafics d'organes ou d'enfants. Des gens riches vont même jusqu'à acheter des yeux d'enfants pour guérir leur cécité ! Les trafiquants kidnappent des enfants dans la rue, leur volent leur yeux et les relâchent. N'est-ce pas horrible ? À tout cela s'ajoute la prostitution, les viols, les incestes et la pédophilie. Vous rendez-vous compte que certains hommes sont capables de violer de jeunes enfants, de les mutiler, de les égorger, tout cela dans la plus grande froideur. Comment un père ou une mère peut-il abuser de son enfant qui est le fruit de ses entrailles ? Comment peut-il ? Comment ?...

« Père, ils vous insultent, en créant des clones. Ils veulent peu à peu prendre votre place, c'est inacceptable. Ce n'est plus Dieu qui crée l'homme mais l'homme qui se crée lui-même. La situation est grave !

— Tu as raison, Jean, je n'ai pas conçu l'homme pour qu'il crée tout ce mal. Tout là-bas devient outré et excessif. Le respect n'existe plus, les valeurs, pas davantage. Les hommes ne se sentent attachés à aucune terre, ni à aucune culture, rien ne les améliorera. Je suis dans l'obligation de faire disparaître cette planète qui m'a trop coûté. »

Alors, Dieu fit s'écraser sur un tiers de la Terre une sorte de météorite qui le fit exploser. Sur le deuxième tiers il fit tomber des pluies acides qui le ravagèrent. Puis une boule de feu dévasta le troisième tiers. Et la Terre, qui avait porté le malheur et l'horreur sur ses épaules, ne fut plus...

« — Et maintenant recréons une planète nouvelle, où "tout ira pour le mieux dans le meilleur des mondes."

Jean accueillit d'un sourire complice cette divine résolution et s'exclama en ricanant :

— Et c'est reparti pour un tour !... »

ÉPILOGUE 3

Dieu était en colère. Il décida alors de punir les terriens en faisant tomber une multitude d'astéroïdes sur la Terre.

Lui qui avait créé les hommes, allait les détruire, car tout ce qu'ils avaient réussi à faire, c'était s'entre-tuer.

Sur la Terre, personne évidemment ne savait qu'il ne restait que quelques heures à vivre.

Pendant ce temps-là, dans les observatoires du monde entier, on s'agitait de plus en plus en voyant ces milliers d'astéroïdes s'approchant à une vitesse inimaginable. Les impacts étaient fixés pour un peu moins de trois heures, partout dans le monde. Cela provoquerait d'après les astronomes, une explosion dix mille fois supérieure à celle d'Hiroshima. Pour ceux qui survivraient, ils seraient contraints de rester dans la nuit pendant plusieurs années, car les astéroïdes provoqueraient une montée de poussière qui cacherait le soleil, donc tous les animaux mourraient de faim, les végétaux ne pousseraient plus et un raz de marée submergerait plus de la moitié des continents.

Aucun être humain n'y survivrait...

Tout à coup, un astronome fit une découverte ; sur un astéroïde était écrite une phrase en latin voulant dire :
« Vous m'avez oublié et trahi, je vous punis. »

Il comprit alors que ce message venait du Tout-Puissant.

Un quart d'heure plus tard, toutes les chaînes de télévision et de radio arrêtèrent leur programme pour avertir l'humanité.

Dix minutes après ce fut la panique. Tout le monde courut en criant. Les gens se cachèrent dans des endroits fermés, le plus souvent dans les sous-sols, mais hélas deux heures plus tard, personne ne pourrait y réchapper.

Une heure d'affolement venait de s'écouler, et soudain, c'est le désert ; pas un bruit, les villes sont vides. Seuls, quelques pauvres dévalisent des magasins mais à quoi bon ? Dans une heure, la race humaine aura disparu...

Ça y est, il ne reste que quelques secondes. Le ciel est sombre, très sombre et il fait froid.

Tout à coup, un astéroïde, puis deux, puis cinq, des milliers s'abattent sur la Terre. Les rivières débordent et emportent tout sur leur passage, les barrages éclatent littéralement, les immeubles explosent un à un...

C'est un véritable enfer. Les villes disparaissent en quelques secondes. Le goudron fond sous l'effet de la chaleur. Et voilà les humains qui disparaissent tour à tour.

Dieu était le créateur de l'humanité et maintenant Il en est le destructeur.

À qui la faute ?

Que dire de plus ? !...

La dernière nuit avant l'an 2000.

ÉPILOGUE 4

« Une demi-page d'entracte. L'épilogue arrive. Plutôt rassurant. Ne zappez pas. Restez avec moi. »

Dans un tourbillon de météorites, Martin, son chien et Jésus atterrissent sur un brumeux nuage. Leurs pieds s'enfoncent doucement dans la masse onctueuse et le poids de leur corps s'envole comme une plume au vent. Leurs yeux sublimés par la beauté féerique de l'Éternel restent figés sur le puissant regard de Dieu.

— J'ai décidé, après mûre réflexion, soupira-t-il, de supprimer la race humaine. Leur rage de pouvoir, de destruction, de possession ne fait qu'accroître ma peur du danger qui les guette : leur anéantissement. Les animaux laisseront librement s'épanouir leur instinct ; ils retrouveront les prairies sauvages d'antan, les étendues verdoyantes d'arbres fruitiers, de fleurs aux odeurs exquises et frissonnantes. Le cycle éternel de la Terre recommencera dans l'atmosphère renouvelée.

Un terrible grondement fracassant détona dans le système solaire, les séquelles retentirent sur la voûte terrestre et provoquèrent un raz de marée fulgurant.

La mer visqueuse et boueuse s'emplit de bêtes répugnantes. Ses vagues dessinées par la haine recouvraient furieusement les côtes, détruisant tout sur leur passage, comme un ouragan dévastateur. Pays après pays, la Terre s'abattait sur les habitants. Les cris stridents des hommes implorant le pardon résonnaient en écho ; les femmes, elles, tenaient leurs enfants contre leurs poitrines, qui ne représentaient que de dérisoires remparts...

Les plus misérables, ceux qui étaient dans la nécessité, pour qui la vie ne méritait pas d'être vécue, attendaient la mort dignement, leurs yeux remplis de sagesse.

Les plus cruels eurent une mort plus lente, ils agonisaient en d'interminables souffrances, comme rongés par un mystérieux poison. Quant aux Justes, leur petit nombre ne les épargna pas pour autant : mais ils subirent une mort beaucoup moins douloureuse et s'envolèrent directement aux cieux.

Dieu avait créé l'homme, Il lui avait confié une planète à aménager et à transformer pour la rendre à son image. Deux mille ans avaient suffi pour que l'homme trahisse son destin, et trahisse la création divine.

Dieu, prenant acte de son premier et grave échec, se devait de détruire l'humanité...

... On entendit au loin les éclats de rire sardoniques de Satan-Lucifer ! ! !

ÉPILOGUE 5

Dieu, non content que les humains aient tué son fils et le seul « juste » existant sur Terre malgré la seconde chance qu'il leur avait accordée, décide de mettre fin à leur existence.

Désormais persuadé de l'échec de sa création, Dieu en vint à méditer sur les maintes façons de donner la mort. Mais malgré sa rage, il décide de prévenir les humains. Pour ce faire, il envoya Are-Are chercher deux représentants terriens, capables d'annoncer à l'humanité ce message divin :
« Je vous ai tout offert au commencement du monde. Vous aviez une vie agréable, j'irais jusqu'à dire paradisiaque. Mais regardez ce que vous en avez fait. Après mûre réflexion, j'annonce le verdict suivant : vous ne méritez qu'une mort lente. Tous vos affrontements, vos guerres, la violence que vous avez créée

n'ont fait qu'aggraver la santé de votre terre d'asile, la planète bleue. Le temps de réparer les dégâts est écoulé. Je ne reviendrai en aucun cas sur ma décision. »

Dieu fut catégorique, aucune autre issue n'était envisageable.

Le lendemain, les deux représentants, le président des États-Unis, et le Pape communiquèrent à l'humanité le triste sort qui l'attendait. Durant la matinée, ce fut le Pape qui s'exprima :

« J'ai deux nouvelles, une bonne et une mauvaise : la mauvaise, c'est que Dieu ne nous aime plus. La bonne c'est que nous irons tous au Paradis ». Son discours fut bref mais eut le mérite d'être clair. L'après-midi, vint le tour du président des États-Unis, il expliqua posément la situation durant environ une demi-heure : le monde entier fut choqué. Certains n'y croyaient pas, tandis que d'autres, les croyants se rassemblèrent pour prier ensemble. Puis les premiers signes apparurent. Dieu, de sa main fatale, voila la face du soleil et réunit toutes les étoiles dans son champ d'attraction, privant ainsi instantanément les humains de la lumière essentielle à la vie. Les hommes réalisèrent que la fin du monde était proche. Dorénavant, plus aucune lumière ne parvenait à la Terre. Les scientifiques, observant ce curieux phénomène comprirent rapidement que l'humanité était plongée dans une sorte d'éclipse totale et constante et que le moindre astéroïde ou le moindre météore dans l'univers pouvait désormais entrer en contact avec le sol terrien.

Peu à peu, la végétation disparut faute de lumière, annulant ainsi la photosynthèse. Le poumon du monde était anéanti. De graves conséquences en découlèrent : bien se nourrir devint difficile car d'une part les légumes ainsi que les fruits ne subsistèrent plus, d'autre part tout être vivant avait désormais peu de chance d'accéder à un développement corporel normal en raison de la malnutrition. De nombreux cataclysmes survinrent constamment durant ce qui jadis, se nommait la nuit. La lune ayant disparu, les marées hautes et basses cessèrent. Ainsi le mécanisme de la mer fut entièrement déréglé ; c'est pourquoi de nombreux typhons et d'immenses tsunamis apparurent. Rien ni personne ne put lutter. On peut toujours arrêter le feu avec l'eau mais on ne peut stopper celle-ci. Bientôt grand nombre de villes furent submergées et d'autres rayées de la carte, englouties. Ces eaux maléfiques projetaient les hommes d'une vague à l'autre, gonflant leur corps de ce liquide satanique puis l'écrasaient contre une autre vague... dure comme un mur de béton. Tous les survivants, apeurés, terrorisés, se posaient désormais la question : Dieu a-t-il, oui ou non, conclu un pacte avec le diable ?

Cette question revenait sans cesse. Les humains se sentaient abandonnés, rejetés. Beaucoup d'entre eux perdirent vite leur lucidité et se transformèrent en une horde de cannibales.

Certains songeaient à s'exiler par la voie des airs, mais Dieu avait déjà pensé à cette éventualité et avait pris les devants. Ainsi furent condamnés tous les appareils électriques ou électroniques. La Terre sombra dans le désespoir. Ni les grands manitous, ni les sorciers en tout genre ne purent remédier à ce triste sort. Puis un jour, les eaux déchaînées se transformèrent en d'immenses étendues rouge sang. La Terre se mit à trembler et bientôt de multiples volcans apparurent tout feu tout flamme dans l'océan. Cette violente secousse fit s'écrouler les habitations comme des jeux de cartes. Les résidents moururent dans des conditions atroces : tout le poids de leur maison les compressait contre le sol muni de nombreuses armatures métalliques, c'était une sorte d'empalement. Les volcans se mirent à cracher leur contenu férocement et sans relâche. Comble de désolation, le tonnerre et la foudre s'en mêlèrent.

Beaucoup tentèrent de se suicider mais Dieu ne les laissait pas faire. Il tenait absolument à ce qu'ils aient tous, comme les autres, une mort certaine mais lente. La planète bleue devint rapidement rouge et l'on pouvait désormais la comparer à un amas de braises incandescent : elle agonisait.

Dorénavant, plus aucune vie ne régnait sur Terre. Tous les hommes moururent — noyés ou ébouillantés et écrasés — dans des circonstances abominables que ni « Jean Lemessie », ni le « juste » n'auraient pu imaginer, même dans leurs cauchemars les plus saugrenus.

Cependant Dieu ne fut pas affecté par cette hécatombe et n'eut aucun regret. Il semblait soulagé. Un jour pour enfin mettre un terme à tout cela, il envoya d'une main un gigantesque rayon phosphorescent en direction de la Terre. Celle-ci fut frappée de plein fouet durant une bonne minute et bientôt un immense grondement apocalyptique se fit entendre. On aurait dit que tous les os des êtres humains se brisaient en même temps. La Terre se fendit en deux dans un craquement inouï et une sorte de big-bang résonna.

À cet endroit de la Galaxie régnait maintenant le néant. En fin de compte, Dieu avait fait une bonne action, il avait débarrassé la Terre de tous ses ennuis et dans le même temps, envoyé la majeure partie de la population dans un monde meilleur...

BIOGRAPHIE DE CHRISTINE ARNOTHY ET BIBLIOGRAPHIE D'UNE PARTIE DE SON ŒUVRE

CHRISTINE ARNOTHY

Écrivain de langue française, Christine Arnothy, née à Budapest (Hongrie), depuis le décès de son mari Claude Bellanger, intervenu en mai 1978, partage son temps entre Paris et Genève.

Christine Arnothy entre dans les lettres françaises avec un récit autobiographique : *J'ai quinze ans et je ne veux pas mourir* qui reçoit, en 1954, le « **Grand Prix Vérité** », décerné sous la présidence de Georges Duhamel. Le livre connaît un succès mondial. Des millions d'exemplaires circulent dans le monde entier, en 26 langues, environ 6 millions d'exemplaires.

Un second livre autobiographique intitulé *Il n'est pas si facile de vivre* (Fayard), paraîtra en 1957.

Les deux ouvrages sont réunis en édition reliée en 1965 (Fayard) et dans la collection du Livre de Poche en 1969 (plus de trois millions d'exemplaires en Livre de Poche, langue française).

L'œuvre de Christine Arnothy est connue dans le monde entier et ses romans sont traduits dans une vingtaine de langues.

Son œuvre romancière comprend :

— *Dieu est en retard,* Gallimard (1955)

— *Le Cardinal prisonnier,* Julliard (1962), Presses-Club (1965), Bibliothèque Marabout (1966) et collection de poche J'ai lu (1972)

— *La Saison des Américains,* Julliard (1964) et Édition-club au Cercle du Nouveau Livre, au Livre de Poche (1973)

— *Le Jardin noir,* Julliard (1966) et Cercle du Nouveau Livre, puis dans la collection de poche J'ai lu (1970), collection Livre de Poche (1981). **Prix des Quatre-Jurys.**

— *Jouer à l'été,* Julliard (1967) et dans la collection de poche J'ai lu (1970)

— *Aviva,* Flammarion (1968) et dans la collection de poche J'ai lu (1979). Enregistrement au « Livre parlé sur cassette » (A.H.V.)

— *Chiche !,* Flammarion (1970) et Livre de Poche (1974)

— *Un type merveilleux,* Flammarion (1972) et Édition-club cahier biographique illustré et une étude inédite par Hervé Bazin

— au Cercle du Nouveau Livre, une autre édition-club dans « Club pour Tous », Hachette (1974), dans la collection de poche J'ai lu (1974), Livre de Poche

— *Le Cavalier mongol,* nouvelles, Flammarion (1976)

Adaptation pour « France Culture » (1976), Livre de Poche (1978). **Grand Prix de la Nouvelle de l'Académie française.**

— *J'aime la vie,* Grasset (1976), Cercle du Nouveau Livre (1976), Le Club pour Vous (1977), France-Loisirs (1977), Le Livre de Poche (1978)

— *Le Bonheur d'une manière ou d'une autre,* Grasset (1977), Le Grand Livre du mois (1978), Collection Diamant (1978), Livre de Poche (1979)

— *Toutes les chances plus une,* Grasset (1980). Prix Interallié en 1980

— *Jeux de Mémoire,* Fayard (1981), Livre de Poche

— *Un paradis sur mesure,* Grasset (1983) Livre de Poche

— *L'Ami de la famille,* Grasset (1984) Livre de Poche

— *Les Trouble-fête,* Grasset (1986) Livre de Poche

— *Vent Africain,* Grasset (1989), Grand Livre du mois (1989). **Prix des Maisons de la Presse 1989, Prix Bernanos-Artois, Lacouture.**

— *Une affaire d'héritage,* Grasset (1991), Livre de Poche, Grand Livre du Mois et différents clubs

— *Désert brûlant,* Grasset (1992), Grand Livre du mois et différents clubs

— *Voyage de noces,* Plon (1994), France-Loisirs, Grand Livre du Mois, Livre de Poche

— *Une question de chance,* Plon (1995)

— *La Piste africaine,* Plon (avril 1997)

— *La Dernière nuit avant l'an 2000,* récit, Plon (octobre 1997)

À paraître début 2000 :

— *Complot de femmes,* roman

Un essai :

— *Lettre ouverte aux rois nus,* collection « Lettre ouverte » Albin Michel (1974)

Traductions en 26 langues de *J'ai quinze ans et je ne veux pas mourir.* Tous ses principaux livres sont publiés aux États-Unis, en Grande-Bretagne. Éditions de poche aux États-Unis, en Grande-Bretagne, aux Pays-Bas, en Italie.

Éditions scolaires :

« School-Bibliotheek » en Hollande, texte français de *J'ai quinze ans et je ne veux pas mourir,* avec notes en néerlandais (1956) ; *Il n'est pas si facile de vivre,* extraits dans « France actuelle-Textes contemporains », Hatier (1961) ; Scholastic Book Services, New York : *I am fifteen and I don't want to die* (1966) ; extraits de *J'ai quinze ans...* dans le livre des lectures scolaires « ATT LASA » Stockholm, Suède (1971) ; dans « Hazank », Magyar Iskokabizottsag (1971) ; « Aujourd'hui », avec la nouvelle « Le fusil », dans le livre français pour les collèges U.S., par Marisa Fanelli et Michel Guggenheim, D.C. Heath, Lexington, Toronto (1976).

19 titres réédités sans interruption dans le Livre de Poche

Nouvelles publiées dans « Elle », « Marie-Claire », « Marie-France », les « Œuvres libres », « La Revue des deux mondes », « Lectures pour tous », « Les Nouvelles littéraires », « À la page », « Revue de poche », « Mademoiselle Âge Tendre », « Cosmopolitain », etc.

Voyages : Femmes du Japon, avec photographies de Marc Riboud, édition originale en néerlandais, éd. Bruna (1959). Traduit en anglais. Pas d'édition en langue française.

Préface à « Rebecca » de Daphné du Maurier, pour « Le meilleur livre de la femme » au « Club des Amis du Livre » (1962).

Textes écrits spécialement pour les « Peintres témoins de leur temps », dans les catalogues annuels 1970, 1972, 1973, 1974 et dans l'édition « Beautés de l'Europe », « Ma ville à moi » (1971).

Bandes dessinées : *Clodomir Free ou le grand complot* avec dessins de Jean-Louis Goussé, Dargaud (1975).

Journalisme :

« Allô Madame », billet hebdomadaire dans le *Parisien libéré* de février 1970 à avril 1973. Critique littéraire au *Parisien libéré* depuis septembre 1961. Ensuite responsable de la page littéraire, chef de rubrique du *Parisien*. Succède à Monsieur Kléber Hadens au *Journal du Dimanche*. Billet hebdomadaire dans le journal *La Suisse*, ainsi que « Dialogue avec » dans *Week-End*, rapports, interviews, portraits, etc. pour *La Suisse* jusqu'en 1994. Une série « Les princes des médias » et la semaine des « Télévisions » dans le TV Magazine de *La Suisse*.

Chroniques occasionnelles dans *L'Aurore, Paris-Presse, L'Écho de la mode, Le Courrier de l'Ouest, Preuves-Informations, Combat, Pariscope,* ainsi que, de septembre 1972 à mai 1973, une fois par mois pendant la durée de la rubrique « Face à notre temps » en alternance avec L. Leprince-Ringuet, Alain Decaux et Robert Sabatier, dans *Le Journal du Dimanche* ; de juin 1973 à août 1974, dans *Lectures pour tous*, etc.

Des peintres s'inspirent de l'œuvre de Christine Arnothy : Garlonn avec « Le jardin noir » et Gérard Deuquet, de Bruxelles, avec « Chiche ! » (1971).

Conférences :

— « Pourquoi la France ? » aux Grandes Conférences du « Figaro », salle Gaveau à Paris, le 28 février 1975.

— « Les coulisses de la création », Alliance française, Berne, le 17 décembre 1984.

— « L'adolescence de l'Histoire », Bâle, 29 avril 1985.

— « Les coulisses de la création », Hôtel Majestic, Montreux, le 19 avril 1989.

— « L'Histoire à bout de souffle... », Section suisse de la LICRA, Maison du Grütli, Genève, le 22 septembre 1992.

Portrait de l'écrivain :

Par Christine Arnothy elle-même :

— « Les conditions de l'écriture », La Table Ronde (mars 1956) ;

— « L'écriture et la vie » dans *Arena* (janvier 1962) ;

— Réponse à la revue *Europe*, enquête sur « Le roman par les romanciers » (octobre 1968) ;

— « Entretiens avec Christine Arnothy » dans *Men* (octobre 1968) ;

— Dans André Halimi — « 36 écrivains... et leurs 4 vérités », Hachette (1969) ;

— « Tant de promesses tenues » dans le catalogue des « Peintres témoins de leur temps » sur le thème du Rêve (1970) ;

— « Comment écrivent les femmes », Christine Arnothy par Agnès Lamoureux dans la *Revue des deux mondes* (15 avril 1963) ;

— Un chapitre est consacré à Christine Arnothy dans « Les dames du temps présent » de Léon Zitrone, Solar (1967).

Anthologies :

— « Pariser Cocktail », avec préface d'André Maurois, Wien-Hamburg (1963) ;

— Pierre de Boisdeffre : « Une anthologie vivante de la littérature d'aujourd'hui. » Texte inédit et notice sur Christine Arnothy, Librairie académique Perrin (1965) ;

— « Contribution à une dramaturgie de la télévision ». Direction de la télévision, Service des émissions dramatiques, O.R.T.F. (1969).

Décorations

— Officier de la Légion d'Honneur
— Commandeur des Arts et des Lettres
— Officier de l'Ordre National du Mérite
— Croix d'or du mérite, 5 septembre 1991 (plus haute distinction hongroise), pour son œuvre *Le Cardinal prisonnier*, lecture interdite jusqu'en 1988 en Hongrie où la traduction hongroise de ce roman est un énorme succès.

Christine Arnothy est mentionnée dans un très grand nombre de dictionnaires littéraires. Ses romans sont présents dans le monde entier, y compris parfois sous forme de livres scolaires (*J'ai quinze ans..., Chiche !, Le Cardinal prisonnier,* etc.).

Son roman *Voyage de noces*, le choc, une fois de plus, entre deux continents, l'Europe et l'Amérique, vient d'être acheté pour le cinéma.

QUELQUES TITRES DE CHRISTINE ARNOTHY

La chronique de l'Europe en convulsions

J'ai quinze ans et je ne veux pas mourir, Fayard (1954)

Grand Prix Vérité

L'arrivée des Russes à Budapest.

Dieu est en retard, Gallimard (1955)

L'histoire de l'aristocratie et de la bourgeoisie hongroises sous la domination communiste. L'esclavage intellectuel dû à la dictature.

Le Cardinal prisonnier, Julliard (1962)

La Hongrie. Le Cardinal Mindszenthy se réfugie à l'ambassade américaine de Budapest lors de la Révolution hongroise, en 1956.

Ce roman écrit en 1961-1962 est une projection dans l'avenir puisque l'action se déroule en 1975. Prémonitoire.

La Saison des Américains, Julliard (1964)

Un officier américain lors du Débarquement en France. Entouré de morts, il reste au cimetière Saint-Laurent comme gardien. Il ne veut pas quitter la tombe de son meilleur ami. Est-il coupable parce que survivant ? Il découvre, des années plus tard, que ce « meilleur ami » dont il garde la tombe était son pire ennemi.

Le Jardin noir, Julliard (1966)

Prix des Quatre-Jurys

La fille d'un criminel de guerre allemand en fuite. En la suivant sans cesse, les services secrets israéliens cherchent à retrouver son père. Elle rencontre, en Normandie, un homme en rupture avec son existence. Confrontation de deux mondes... un Français tourmenté et une Antigone allemande meurtrie. Peut-on se sentir coupable des crimes de ses parents ?

Aviva, Flammarion (1967)

Un journaliste français en Israël après la guerre des six jours.

Chiche !, Flammarion (1970)

Un instituteur et un enfant dans un monde futur. La pollution. Les réfugiés du progrès fuyant la ville.

Le Cavalier mongol, Flammarion (1976)

Grand Prix de la Nouvelle de l'Académie française

Images et portraits de personnages apparemment anodins pris dans la société française, allemande et américaine. Qui ne couve pas un meurtrier dans son subconscient ?

Le Bonheur d'une manière ou d'une autre, Grasset (1977)

L'apparition dans la littérature française du premier terroriste « idéaliste ». Un Hongrois est pris à tort (en 1942) pour un Juif lors d'une rafle à Budapest. Sorti à peine vivant d'un camp, il veut se venger sur une humanité indifférente. Vingt ans plus tard, il veut régler ses comptes avec le monde dont l'injustice le révolte.

Toutes les chances plus une, Grasset (1980)

Prix Interallié

Une satire de la vie politique française.

Jeux de mémoire, Fayard (1981)

Une esquisse d'autobiographie.

L'Ami de la famille, Grasset (1984)

Politique-fiction. Comment la France se comporterait-elle lors d'une dictature militaire ?

Une affaire d'héritage, Grasset (1991)

Relations Est-Ouest, la collision entre deux mondes, avant et après la chute du Mur. Le passé et le présent s'entremêlent. L'Autriche et l'Amérique jouent un rôle dominant. Un visionnaire, l'astrophysicien Samuel Levinson, change d'identité et préfère passer pour mort plutôt que de subir l'indifférence du monde.

Cycle « Continents » :
Europe - Amérique - Afrique

Vent africain, Grasset (1989)

Prix des Maisons de la Presse

Le rêve américain d'un Français tourne au cauchemar. Fuite vers l'Afrique, elle aussi en convulsions. Quand on est persécuté par le remords, y a-t-il un refuge quelque part au monde ?

Désert brûlant, Grasset (1992)

Un avocat français mène une guerre personnelle contre l'argent sale. Peut-on survivre en restant idéaliste, sinon « propre » ?

Voyage de noces, Plon (1994)

Un jeune Américain, Nick, se retrouve en Bretagne. Il est pressé. Sa tante lui a légué sa fortune à condition qu'il se marie dans les plus brefs délais, de préférence avec une Française, sinon une secte entrera en possession de l'héritage. Il rencontrera Ellen et débutera ainsi une étrange histoire d'amour au départ difficile. Vont-ils vaincre la lutte d'intérêts autour d'eux et avouer enfin leurs sentiments ?

Une question de chance, Plon (1995)

Une dessinatrice de mode rencontre un Noir africain, elle le croit messager d'un monde plus pur que celui de l'Occident. Les relations sont extrêmement difficiles entre ces deux personnages, rien ne se passe comme elle l'aurait imaginé. Elle choisit une fois de plus la solitude. Christine Arnothy dit de ce récit : « C'est mon petit livre nu ».

La piste africaine, Plon (1997)

Deux civilisations s'entrechoquent, celle qui aurait été de la nature pas encore abîmée, l'Afrique, et la surtechnicité de la Californie. À travers l'histoire d'un crime presque symbolique, la confrontation de deux mondes livrés au pouvoir de l'argent et de l'ambition. Une violente image du Kenya d'aujourd'hui et de la Californie d'hier et de demain. En vedette, un ingénieur chimiste français, Éric, qui essaie de trouver son chemin pour survivre à ses remords.

Le 30 octobre 1997 est paru *La dernière nuit avant l'an 2000*, une radiographie — entre les émotions et les sourires — de la société française actuelle, au seuil du troisième millénaire où on cherche une impression de sécurité quelque part. La plupart des gens sont troublés et en proie aux angoisses diverses. Si Dieu renvoyait son fils pour que celui-ci trouve un seul juste, que serait le destin de l'Esprit qui apparaîtra ainsi dans le corps d'un apatride de trente-trois ans ? Qui l'aidera, qui le croira, qui acceptera une seule phrase dans le sens où celle-ci aura été prononcée il y a deux mille ans ?

« Ce livre est arrivé dans ma vie sans que je l'ai voulu ou prémédité. C'est le livre d'un élan, d'une pulsion, une échappée des craintes du subconscient. Il est là. Quel sera son destin ? Actuellement, personne ne peut répondre à cette question. »

Achevé d'imprimer en novembre 1999
sur les presses de l'Imprimerie Bussière
à Saint-Amand (Cher)

POCKET - 12, avenue d'Italie - 75627 Paris Cedex 13
Tél. : 01-44-16-05-00

— N° d'imp. 2610. —
Dépôt légal : décembre 1999.

Imprimé en France

